EAU OU LE GÉNOCIDE

Du même auteur :

LE SÉDUCTEUR DANS LE NOIR t.1
LE SÉDUCTEUR DANS LE NOIR t.2

MORGAN ELHGEATOCH

EAU OU LE GÉNOCIDE

(Science-fiction)

Site internet de l'auteure :
MorganElhgeatoch.com
Suivre l'auteure sur Facebook :
Morgan Elhgeatoch
(https://www.facebook.com/Morganelhgeatoch)

En application de l'art. L.137-2.-I. du code de la propriété intellectuelle, toute reproduction et/ou divulgation de parties de l'œuvre dépassant le volume prévu par la loi est expressément interdite.

© 2025, Morgan Elhgeatoch
Édition : BoD · Books on Demand, 31 avenue Saint-Rémy, 57600 Forbach, bod@bod.fr
Impression : Libri Plureos GmbH, Friedensallee 273, 22763 Hambourg (Allemagne)

ISBN : 978-2-3225-1608-7
Dépôt légal : Mai 2025

Nouvelle édition : janvier 2026

PERSONNAGES

Itoug : (membre du groupe Grux-N) conjoint de Xivuna

Xivuna : (membre du groupe Grux-N) conjointe d'Itoug

Wiz : un scientifique de Gruxia et oncle d'Itoug

Gore : (membre du groupe Grux-N) meilleur ami de Xidéria

Xideria : (membre du groupe Grux-N) meilleure amie de Gore

Julxo : un scientifique de l'édifice Gruxia

Gix : un scientifique de l'édifice Gruxia

1
Je m'appelle Xivuna...

" « J'ai peur... très très peur... Je n'aurais jamais dû faire ce grand-voyage, quand j'étais sur Xava, avec mes amis », me dis-je.

Je viens de la planète « Xava » signifiant Eau, en langage terrien. Chaque journée s'écroule. Et je me trouve soudée à la Terre, planète similaire à « Xu » ou Roche.

De nos jours, chez moi, sur Eau, nous nous situons au repère Y**... Sur Terre, d'après ce que j'ai compris, on utiliserait un repère primitif nommé, « année ». Et me voici bloquée à l'année « mille-neuf-cent-cinquante-neuf » terrienne, dans la zone Écosse. "

2
Je m'appelle Xivuna...

" Plusieurs époques auparavant, j'avais opté pour ce grand-voyage. Je m'étais dirigée vers la planète Terre, dans la zone Écosse. Ce déplacement s'effectua de façon à ce que je tombe dans une période impliquant une température supportable. Selon nous, Eauhiens, les Terriens nomment cette durée, « été ».
Je m'aventurerais parmi les monts. Là, les sons du silence de la nature, envahiraient cet espace. Cet endroit s'appelle Cairngorms. Ce petit monde me permet de m'éloigner de la foule et des véhicules bruyants primitifs, occupant une autre surface de cette « nation ».

Les scientifiques eauhiens, disons de la planète Eau, auraient découvert que certains Terriens comptent de préférence, leurs nombres d'époques en « année ». Ils s'appuieraient sur le mouvement de leur planète, par rapport à celui de leur étoile. Il y aurait plusieurs subdivisions. Ces successions de fractions demeurent inutiles pour nous ; bien que nous nous repérions par rapport à notre propre étoile. Nos technologies dépassent celles des Terriens et elles nous permettent la prospérité de nos recherches.

J'étais arrivée à destination, sur Terre. Consciente, je gisais au sol, face contre une belle pelouse verdoyante. J'avais tout prévu pour mon déplacement. Je m'étais vêtue d'une longue robe gris-bleu et je portais de grosses chaussures sombres. Mes longs cheveux fluides et marron beige, ruisselaient au sol. Avisée de la mode de cette époque, je portais une tenue vestimentaire neutre. Une paire de lunettes noires masquait mes yeux aux iris, deux fois plus larges que ceux des terriens. Je pensais que mes yeux verts effareraient, ces « extra-eauhestres. »

En outre, atteinte d'une lourde fatigue, je me laissai entraîner vers une obscurité apaisante et vitale, ce qui me permit de récupérer des forces.

À mon réveil, je découvris que je me trouvais dans un lit, dans une pièce assez sombre. Une gentille jolie lampe rudimentaire, installée sur une petite table en bois, ronde et isolée, laissait échapper qu'une faible et innocente lueur. L'aspect de cet objet me frappa.

Sur Eau, nous, Eauhiens, nous possédons des torches de feu inoffensif, nous éclairant, nous réchauffant ou nous rafraîchissant à volonté. Il ne s'agit pas de la forme brute du « feu » dévastateur, qu'utilisent les Terriens. Il s'agit d'une forme modifiée, sécurisante et non brûlante. Les flammes se maintiennent réglables à volonté. Elles vivent leurs danses interminables. Insensibles à n'importe quel mouvement aérien, elles s'exhibent en argenté, en doré ou en multicolore. Et en cas d'une présumée extinction, elles demeurent invisibles.

Et, sur Terre, dans la zone Écosse, dans cette pièce assez sombre...
Ayant observé une vitre d'une fenêtre fermée, je compris que la nuit n'avait pas manqué au rendez-vous. Je me trouvais dans une véritable maison, sur cette sacrée Terre. J'eus du mal à croire à cette réalité. J'examinai autour de moi. Et je découvris que l'allure de l'habitat dans lequel je me trouvais, correspondait à mes connaissances panoramiques des logements terrestres. J'avais acquis ces savoirs en fréquentant les études, pendant mon enfance.

J'enfilai ma paire de lunettes. Quelle joie ! je les avais retrouvées. On me les avait posées près de moi, sur une table, proche du lit.
J'entendais les discussions des occupants de la demeure. Je ne parvins pas à discerner ce que racontaient ces individus. Mais, je réussis à lire dans leur pensée. J'avais découvert qu'il s'agissait d'une famille. Cette dernière pensait que je me serais perdue et qu'étant prise de fatigue, je me serais évanouie. M'ayant pris pour une Terrienne, ils pensaient que je venais du voisinage. Ils se posaient des questions sur mes tatouages, qu'ils avaient découverts sur la paume d'une de mes mains et sur une partie interne d'un de mes avant-bras. Ces tatouages étaient destinés à dissimuler mes marques "lumineuses", sous-cutanées. Oui, nous Eauhiens, possédons des implants nous permettant de communiquer.
En parlant de nos voyages clandestins, impliquant des dimensions géantes, chacun des membres de notre groupe

possède des marques supplémentaires, "lumineuses" et plus sophistiquées. Celles-ci nous permettent des correspondances, entre des distances infinies. Ces marques demeurent imperceptibles pour l'entourage ; les Eauhiens ont la possibilité de se tatouer, pour des raisons esthétiques.

Pour nous, lire dans les pensées signifie, s'amuser. Depuis nos jeunes âges, nous avions étudié nos lectures et nos écritures eauhiennes, sans oublier la télépathie. Notre programme s'enrichit de certains codes de communications extra-eauhestres, dont ceux de certaines planètes avoisinantes et ceux des planètes situées à des distances infinies, telle la Terre.

Après plusieurs grands-voyages, certains scientifiques eauhiens nous ont rapporté, que les Terriens exerceraient des activités, afin de garantir leurs survies. Ces extra-eauhestres « troqueraient » quelque chose nommé « argent », contre de la nourriture, des objets ou des services.
Sur Eau, les habitants étudient pour l'utilité de leur communauté. Ils ne possèdent pas ce que les Terriens nomment, « argent ». Il en est de même, sur Roche, notre planète ancestrale. Dans la gratuité, les Eauhiens reçoivent l'indispensable. Si l'un d'entre nous manquait de quoi que ce soit, une communauté se rassemblerait pour nous procurer ce dont nous aurions besoin.
En cas d'un éventuel petit conflit, on alerterait le contrôleur de la communauté. Celui-ci envisagerait un discernement ou une réconciliation.

Nous n'avons pas ce que les Terriens nomment « religion ». Nous nous livrons à une lumière parfumée, nous élevant vers une sensation de bien-être, de détente, d'une libération morale... Nous méditons. Nous planons.

La population Eauhienne vit à l'intérieur d'Eau, dans l'océan. La zone interne de notre planète se divise en aménageant divers édifices. La population bénéficie du déplacement horizontal ou vertical, en navette. Les Eauhiens résidant en surface, ne représentent que des bribes de scientifiques. Ils occupent les calottes glaciaires au niveau des pôles de la planète. Et ils résident aussi sur des points se situant sur les zones centrales, limitant les hémisphères. Ces scientifiques occupent ces endroits, pour assurer la surveillance externe de notre planète. Ces contrôleurs vivent dans des lieux, pourvus d'un sol métallique blanc.

Ce sol constitué d'un superbe métal épais, nous contraint à porter des lunettes sombres. Ces accessoires demeurent indispensables ; notre étoile, les Trois Mir, réfléchirait ses éventuels rayons lumineux.

Les résidences eauhiennes règnent sous l'opiniâtreté de leur matière métallique, lisse et luisante.

On frappa à la porte de ma chambre. Et on ouvrit. Je m'attendais à la visite de ce couple et de leur jeune garçon. L'homme et la femme se soumettraient à leur âge mûr, ce qui me parut curieux.

J'étais sûre que je représentais à leurs yeux, une femme d'une vingtaine d'années terriennes. Ayant atteint l'âge adulte, nous Eauhiens, restons bloqués physiquement, à la jeunesse éternelle.

La femme s'approcha de moi.

« Avez-vous bien dormi ?' dit-elle, 'je vous ai apporté de quoi récupérer des forces. Reposez-vous encore. Et demain, je reviendrai ».

Afin de prémunir mes origines, j'avais décidé d'imiter les muettes.

La femme me souriait en me fixant des yeux. Sur la table, elle déposa un grand bol, rempli d'un bouillon qui fumait. Une délicieuse odeur d'épices et de légumes, exhalait. Son fils apportait de l'eau.

« Si vous avez envie du cabinet... vous pouvez y aller... c'est tout près d'ici, près de votre chambre... », reprit la femme.

J'avais détecté par télépathie que je serais en sécurité. Pourtant, un voile d'un pressentiment d'ombre, vis-à-vis de cette famille, flottait dans ma conscience.

Les occupants de la maison souffraient de la solitude, bien qu'ils apprécient leur petit monde plat de chez soi. Seuls, ils croisaient la végétation, une étendue d'eau et quelques animaux familiers. Ma présence rafraîchirait leur quotidien.

M'ayant souhaité une agréable nuit, la famille quitta la pièce. Quelques instants après, on discernait des murmures entre le mari et la femme. Et un silence s'installa. La bribe de lumière, s'échappant par les moindres failles encadrant la porte fermée de ma chambre, disparut. Tous les occupants étaient partis se coucher.

La lecture télépathique m'informait que la famille se trouvait, sur le chemin du sommeil. J'en trouvai l'occasion pour me nourrir. J'absorbai quelques gorgées d'eau et je m'appropriai le breuvage.

Après, je m'installai sur le lit. J'envoyai des messages, au moyen d'une des marques implantées dans la partie interne de mon avant-bras. Et pour lire les messages reçus, je consulterais une autre marque "lumineuse" implantée au même endroit.

N'étant pas une scientifique, j'avais procédé à mon grand-voyage en parcourant une distance infinie, vers la Terre. "

3
Moi... je suis Itoug...

" Xivuna ma conjointe, venait de réaliser son grand-voyage vers la planète Terre. Elle avait opté pour l'instant vague de, « mille-neuf-cent-cinquante-neuf » terrien. Cet instant correspond chez nous au repère H**. Je ne souhaitais pas que ma femme s'y rende, elle encourrait un énorme risque. Enfin, pas tout à fait. Pour paraître naturel, je me suis contenté de me mentir à moi. Oui. Il s'agit bien de moi. Le but du jeu m'avait amené à dissimuler mon véritable comportement, mes sentiments et mes émotions. Ma finalité consistait à anéantir, l'attention d'éventuels observateurs. Quoi qu'il en soit, je suis soulagé ! Xivuna a disparu. Elle est partie pour toujours.

La couture représente mon activité principale. Tout Eauhien souhaitant la confection ou la réparation d'un vêtement ; qu'il s'approche de moi. J'avais réalisé la robe de Xivuna, pour son grand-voyage.

De coutume, pour les voyages dans l'espace-temps, je m'engage à confectionner les vêtements de chacun des membres de mon groupe clandestin.

Chez nous sur Eau, nos tenues vestimentaires s'accrochent à des particularités. Pour les rassemblements destinés à une détente, autour d'un nuage lumineux et parfumé d'encens discrets et délicieux ; les hommes, les femmes et nos enfants, se vêtent d'une longue robe ample. Ce fameux nuage ne représente rien d'autre que l'Espace, notre maître, rien que l'Espace. Nous y vivons, nous nous y déplaçons. C'est lui qui décide de tout, la paix, les voyages...

Dans les conditions normales, dans la routine de nos vies quotidiennes, les femmes portent des vêtements courts. La longueur de leur jupe se limite à la moitié de leurs cuisses. Leur poitrine se dissimule derrière leur séduisant soutien-gorge adhésif, orné de divers motifs dorés, argentés... La chevelure des femmes varie en longueur, en couleur et en volume. Nous les hommes, sommes dotés d'une langue de chevelure plus ou moins longue, ou plus ou moins large, sur notre crâne rasé. En ce qui me concerne, je possède une bande de chevelure mi-longue, noir de jais. Elle sort de toute la longueur de la ligne médiane de mon crâne et se jette sur le côté droit de mon visage. Toujours à propos des hommes, nous nous vêtons d'un pantalon souple et moulant. Et la partie supérieure de notre corps, reste libre. Il arriverait que nous nous coiffons d'un long foulard. Et pour les enfants ? Les fillettes portent de longues jupes et un corsage court montrant leur petit abdomen. Les garçonnets quant à eux, se vêtent d'une combinaison. Et en ce qui concerne les coiffures, elles restent similaires à celles des adultes ; une longue ou courte chevelure pour les fillettes et une bande de chevelure sur un crâne rasé pour les garçons.

En cas de basse température, nous, Eauhiens, nous nous munissons d'un long manteau à capuche. Ces vêtements s'adaptent à toutes les températures externes. Par un temps rude en surface, les porter, demeure suffisant. Et nous possédons des navettes, nous permettant de véhiculer dans les profondeurs de l'océan et dans l'espace.

Ma femme et moi sommes entrés dans un groupe secret ; baptisé Grux-N, en hommage de notre édifice Gruxia. Nous procédons à des voyages spatio-temporels. Seuls, les scientifiques procèdent à ces genres de déplacements, que nous qualifions de grands-voyages. Pour ces déplacements, ils bénéficient d'un tatouage ou d'un bracelet et d'un code de sécurité, leur garantissant leur retour immédiat sur Eau. Ils contrôlent en visionnant les évènements des époques. Il est vrai que nous tous, Eauhiens, nous maîtrisons à la base, ce genre de grands déplacements. Nous étudions ces voyages, dans nos formations élémentaires, afin de concrétiser notre vie active future. Ce grand voyage risqué, demeure interdit à tout Eauhien non scientifique. L'enseignement de ce genre de voyage avait été pratiqué dans le but de nous protéger en cas d'une éventuelle invasion, de la part d'adversaires en provenance d'une autre planète... Et pour cela, nos scientifiques nous transmettraient des codes nous permettant d'ajuster nos déplacements, à une destination commune et sécurisée.

Ainsi, les seuls voyages accessibles, se situent à la surface de l'océan ou dans l'espace, à condition de respecter les zones à éviter de franchir. L'océan occupe les larges parties médianes de la surface Eauhienne.

Des autochtones, ces crabes géants appelés uxes, résident comme nous, dans les profondeurs, mais dans l'édifice Gaxe. Ces crustacés mesurent quatre mètres de haut.

Sur notre planète, à chacun des deux pôles opposés, on y trouve un périmètre d'un glacier libre d'accès, pour les balades. Ce coin reste assez éloigné des laboratoires scientifiques. Ces laboratoires bénéficient de la protection des bodybuilders, accompagnant des « mix-an ». Ces derniers crient à la moindre détection de désordre. Ces animaux ayant des apparences de gros félins, dotés d'un long museau d'un « chien », lancent des aboiements et des miaulements enragés, s'ils se sentent dérangés. Ces espèces en question proviennent de croisements de « canis lupus » et de « félins ». Nous les avons ainsi nommés « mix-an », dont « loup-doux » en hommage des félins doux et câlins que les Terriens surnomment « chats ».

À l'occasion de leurs fameux grands-voyages, les scientifiques capturèrent ces animaux terriens. Et quelques chercheurs œuvrèrent pour obtenir de bons hybrides à leur convenance. Presque chaque résidence d'humains eauhiens, posséderait un loup-doux. Et ces animaux se montrent plus dociles que les hybrides accompagnant les gardiens des laboratoires scientifiques. Le mien s'appelle Nac. Il passe son temps à jouer, à manger et à dormir. Il aboie quand il se fâche ou quand il perçoit un étranger. Ses ripostes envers un visiteur inconnu, se limitent. Il oserait inviter son interlocuteur, à jouer.

Le soir, le repas terminé, je me rassurai que ma fillette Viak, dormait dans sa pièce personnelle. Je me rendis dans la salle principale, afin de me diriger vers une cloison insonore, séparant la pièce en deux. J'en profitai pour y découvrir les messages de Xivuna. Seuls, certains membres et moi, savions où elle se trouvait.

Dans la messagerie, elle m'avait expliqué que les Terriens lui avaient offert l'hospitalité. Ces gens, vivant isolés, apprécieraient sa présence.

On frappa à la cloison. Je pensais qu'il s'agirait de Viak. Je fermai ma messagerie, en procédant à quelques massages rapides, sur mon bras gauche. Et, soucieux, je demandai :
« Oui ? qui est là ?
– C'est moi, papa... Je n'arrive pas à dormir et je voudrais regarder le « zel » avec toi », répondit Viak.

Je ne tardai pas à ouvrir la cloison et ma fille s'abandonna dans mes bras. Cet émetteur, le « zel », nous transmet en miniature, des représentations concrètes. Les transmissions affichent les scènes palpables, en relief ; comme si chaque représentation, se passait sur place, chez soi, en réalité...

Ayant corrigé la température de l'air, au moyen d'une torche de flammes argentées, ma fille et moi, nous nous installions chacun dans une sorte de grosse assise moelleuse. Nous nous tenions en face d'une table virtuelle, au reflet noir. Ayant sélectionné de vive voix un menu, nous nous mîmes à commander le « zel ». Et des faits s'activèrent à nos yeux. Une représentation humoristique prit place dans une partie de notre salle principale. De minuscules comédiens nous avaient interprété leurs scènes. Ensuite, nous nous trouvions à un concert. Il s'agissait d'un amas de sons veloutés, appelés à réveiller notre bien-être. Ainsi, une mosaïque de sons, enchantait le volume de la pièce.

Ma fille et moi, nous admirons ces individus, ayant choisi de passer leur temps à créer et à émettre des alliages envoûtants, constitués de sons veloutés. Ils nous avaient interprété leurs dernières créations.

À la fin de notre divertissement, Viak enjouée, m'annonça :
« Tu sais... Vriza m'a donné des boulettes de gâteries !
– Comment ? Quand ?
– Je l'ai vue pendant la mi-journée. Elle attendait une navette... »

Au cours de la seconde moité de la journée, je pris les nouvelles de ma fille. Celle-ci venait de se réveiller. Bria, femme d'aide et éducatrice, lui préparait un repas. Cette micro-époque révélait mon jour de congé. Je m'aventurerais à bord de ma navette, massant et frottant les océans. Et je m'échapperais pour me laisser glisser, dans une voie du vide obscur.

Ayant pris un repas complet, j'avertis Viak et Bria :
« Je sors, je reviendrai dans la mi-journée.
– Oui, à tout à l'heure », dit Bria.

Alors, ma fille s'abandonna dans mes bras pour m'exprimer son au revoir. Et elle dit :
« Et maman ? Elle arrivera quand ?
– Dans les neuf micro-époques », dis-je.

À savoir que neuf micro-époques correspondent à peu près à dix-huit journées terrestres, d'après les rapports de nos scientifiques. Nos journées occupent une durée équivalente à deux journées terriennes. Nous possédons deux instants de repos dans une journée.

Je m'embarquai dans une navette, se déplaçant en mouvement ascendant. On devrait se rendre à la surface de l'océan.

Nos véhicules se déplacent dans de grosses colonnes, constituées d'un vide entouré d'eau. Je me suis trouvé en compagnie de huit voyageurs. Nous entourions une grande table virtuelle, au reflet blanc. Et cette table se tenait flexible, pour notre confort. Nous nous tenions attachés à nos sièges, forces pivotantes ; ce qui nous permet d'observer, à travers la paroi invisible du véhicule. Nous traversions l'océan. Le bruit du moteur restait imperceptible. Nous occupions une bulle géante immobile. Et nous attendions notre arrivée, ce signal d'une lueur s'échappant du centre de la table. Voyager au moyen de ces navettes, nous transmet un véritable plaisir. J'observais au loin, sous un fond mystérieux, quelques ombres de navettes lointaines, suivant leur ligne verticale. À partir d'ombres bleutées, des animaux aquatiques et curieux, évoluaient. Notre étoile triple, les Trois Mir, se réjouissait en scrutant le paysage marin.

Dès leur arrivée, à la surface de l'océan, les voyageurs débarquèrent. Je me retrouvai sur une rive métallique. À cause des rayons dorés des Trois-Mir, le sol nous obligeait à nous munir de lunettes de protection. Et nous portions des chaussures antidérapantes.

Au niveau du lieu du débarquement, quelques véhicules flottant sur l'océan, attendaient. Devant des individus en attente, je transmis mon identifiant lumineux. Et je retrouvai mon ami, animé de son corps musclé sous son manteau ouvert. Il me dégageait un sourire innocent. Une frange blonde platine, ornait son crâne. M'ayant reconnu, il se manifesta par un signe. Nous nous rencontrâmes dans la joie. Nous nous embarquâmes tous deux, dans notre navette, et nous procédâmes à des réglages. Pour l'instant, nous comptions nous hasarder sur l'océan. Avant le dernier quart de la journée, nous décollerions. En cette mi-journée, tout le monde bénéficiait de la générosité des Trois Mir, le beau temps. Mon ami et moi, avions gardé nos manteaux et nos lunettes de protection.

Mon ami se nomme Gin. Et nous adorons nous balader dans l'espace. Gin figure dans la liste des membres du groupe Grux-N. Notre sujet de conversation se concentra sur Xivuna :

« J'ai rêvé d'elle, tu sais... mais je ne sais pas pourquoi, c'est curieux,' dit Gin, 'J'espère qu'elle va bien !

– Elle va bien... Elle m'a dit qu'elle a trouvé refuge chez des gens... qui vivent dans un coin isolé dans la zone Écosse.

– Tu as pensé comment et à quelle occasion qu'elle devrait rentrer ?

– Elle le sait, elle est très maligne... tu sais...

– Nos scientifiques choisissent de disparaître sur Terre... soit dans un coin médical fréquenté de malades mentaux...

– ...Elle s'en sortira, enfin je l'espère ! En fait, je ne voudrais pas qu'elle le fasse, est-ce qu'elle a songé à Viak ? Qu'est-ce que je vais raconter à Viak... si elle restait bloquée là-bas ?

– Et le sort de Gore ? Le pauvre... t'as vu ce qui lui est arrivé ! »

Il parlait d'un de nos membres, se nommant Gore. Celui-ci tenait à se rendre sur Terre, au moyen d'un voyage spatio-temporel. Il s'était trompé de date. Son erreur opérationnelle l'avait entraîné en « mille-sept-cent-quatre-vingt-douze », dans une zone appelée « France » ; alors qu'il souhaitait s'y trouver en « mille-neuf-cent-quatre-vingt-douze ». Le malheureux s'était vêtu de vêtements à la mode décalée, par rapport à la période dans laquelle il était tombé. Il s'était vêtu d'une tenue smoking cravate, noire. En cette période, les habitants de la noblesse ou de la haute société, trouveraient la mort, en chutant vers la guillotine. Et de multiples attaques surprises surgiraient. Selon les scientifiques, il s'agirait de la période de la « révolution française ». Ils pensaient qu'une partie du peuple révolté et effrayé, cultiverait des idées de comportement paranoïaque. La population insurrectionnelle paraissait en quelque sorte, vétilleuse. Elle exterminerait tout ce qui barrerait la voie, de leur objectif.

Une autre période à éviter nous montre la période de l'occupation ou de l'invasion d'Eau, par nos ancêtres, venant de la planète Roche, notre planète voisine. Nous nous trouvons dans l'obligation de fuir ces évènements regrettables, à cause d'attaques ayant entraîné la perte de plusieurs des nôtres, y compris d'un uxe mâle. Ce dernier représentait un des autochtones, dont les « crabes » géants eauhiens occupant l'océan. Notre manifestation avait créé une dissension. Nous ignorions leur présence sur cette planète. Un Rochien et un uxe Eauhien tous deux pacifiques, réussirent à rétablir la paix.

Les nouvelles de Gore pâlissaient à travers les durées. Ce voyageur avait alerté ses amis, eux aussi, membres du groupe. Il leur avait signalé qu'il se débattait dans un repère erroné. Dans sa dernière communication, il avait indiqué qu'il s'était trompé d'époque. En ce maudit endroit, il avait été poursuivi par des mendiants voyous, à cause de sa tenue vestimentaire. Et sa fuite l'amena à se précipiter dans du foin ou de la paille, entassés dans une sorte de charrette en bois.

« Tu penses qu'il aurait été décapité comme d'autres ?' demanda Gin.

– J'espère que non...

– Le soir, souvent je pense à lui et je suis même tenté d'appeler les scientifiques.

– Les scientifiques, eux ils ne pourront rien faire pour lui et tu le sais très bien. D'ailleurs, ils ne vont pas dans ces genres de repères turbulents... extrêmement perturbés... Et en plus, la toute première question qu'ils vont te poser c'est... c'est ; "qu'est-ce qu'il a été foutre là-bas"... Alors qu'on nous avait déjà interdit, ces voyages spatio-temporels ! Et tu as pensé à ce que l'on risque ?...

– Oui, je sais... souvent, je me demande si je ne devrais pas quitter le groupe.

– Moi aussi... »

Désireux de changer de sujet de conversation, nous nous mettions à observer autour de nous, la surface crêpée de l'eau, d'un bleu profond. L'océan s'agitait dans sa modestie. Vivant, il préservait son calme.

Nous naviguions grâce à notre véhicule inaudible. Les mouvements des vagues et toutes autres forces découlant de l'océan, nous paraissaient inaudibles. Et nous visionnions à notre guise, les profondeurs sur lesquelles nous nous déplacions.

À proximité de nous, sur l'océan, des navigateurs évoluaient.

D'autres voyageurs provenaient des profondeurs, pour se diriger vers le ciel et pénétrer dans l'espace. Ces engins se trouvaient dans une zone isolée, éloignée de nous. Et c'est vers cet endroit, que nous nous dirigions, sans trop nous presser. Nous tenions à profiter de l'air et des rayonnements que nous offraient les Trois Mir.

Sur l'océan ou sur la surface d'Eau, nous nous déplacions en respectant des distances de deux mètres cinquante, avoisinantes. Le temps passa... S'étant reposés à tour de rôle, Gin et moi navigant, prenions un en-cas. Notre déplacement cibla l'espace. Nous nous munissions chacun, de notre costume de protection. Et à tour de rôle, dans notre cabine, nous enfilions nos combinaisons moulantes. Il arrivait que l'on croise des gardiens de l'océan de la section Gruxia-S-U. Il s'agit du nom de la surface, sur lequel nous nous déplacions. Notre édifice regroupant certaines communautés, se situe dans cette zone, dans les profondeurs. Et il existe d'autres sections hébergeant des édifices, comprenant leurs propres communautés.

Il arrivait que l'on croise des gardiens de l'océan. Ils circulent pour surveiller nos déplacements en surface. Ils résident dans leurs grands véhicules. Leurs gigantesques appareils se déplaçaient parmi nos engins, sur l'océan. Nous remarquions l'un des contrôleurs nous lançant des signes de salutation, que nous répondions par des gestes de mains.

« C'est Char,' m'indiqua Gin.
– Tu le connais bien ?
– Oui, il est mon futur beau-frère.
– Ah ! Tiens donc !
– Et Xivuna, quand est-ce qu'elle arrive ? Tu ne m'as toujours pas dit, quand elle arrive...
– Elle ne sait pas encore... normalement environ dans neuf micro-époques. Je vais d'ailleurs l'écrire tout de suite, avant de décoller ».

J'écrivis à ma conjointe. Quelques instants s'écroulèrent ; nous capotions notre navette. Nous nous munissions de nos casques et de nos combinaisons de protection. Nous réglâmes nos manteaux isothermiques. Et nous nous approchions de la zone nous permettant le décollage. On se rendit dans l'espace. Et nous gagnâmes de l'altitude en contactant un surveillant de la zone. Gin et moi n'avions qu'un objectif ; observer en survolant certaines de nos planètes voisines dont Roche, Xan-S-E ou Xevan.

Ayant gagné l'espace, grâce à notre véhicule, nous nous laissions glisser dans cette noirceur. Le vide de l'espace, nous montrait ses illusions étincelantes.

Nous nous approchions d'un astre. Notre choix pointa la planète Xevan. Son nom exprime la couleur « rose ». Gin, sa fiancée, moi et ma secrète bien-aimée, aurions eu l'intention de nous y rendre. Sur cet astre, on y trouve des lacs sous forme de glace. Le froid y règne à travers un paysage montagneux beige rose, sous un ciel orangé. En nous posant sur cette planète, nous nous installerions au sous-sol. En tant que touristes eauhiens, nous y séjournerions. À partir du sous-sol, nous observerions grâce à des « zels », les paysages beige rosé de cette surface xevanienne. En pleine virtualité, on se baladerait, en restant bien au chaud.

Ayant frictionné mon avant-bras gauche, je découvris que Viak et Xivuna m'avaient chacune écrit. J'avais hâte de lire leur message, à mon retour dans la navette, en descendant dans l'océan.

« Ça va ? Ça va bien ?' me demanda Gin.

– Oui... Ça va... C'est Xivuna qui m'a écrit. Pourtant, elle m'avait bien dit que tout allait bien et voilà que... qu'elle

m'envoie un message urgent... Enfin, je verrais plus tard ce qu'elle me raconte...
– Oh ! Ne t'inquiète pas trop. N'oublie pas que Xivuna panique pour pas grand-chose... Tu la connais !
– Oui. T'as raison. »

Nous poursuivions notre petit voyage en survolant Xevan, en respectant une hauteur d'altitude autorisée. Et nous retournions sur Eau.

Embarqué dans une navette, en chemin du retour, je m'installai autour d'une grande table, en compagnie de voyageurs. Je pivotai d'un demi-tour, au moyen de ma chaise. Je préférais me trouver en face de la paroi transparente du véhicule, afin d'observer l'océan bleuté.

J'en profitai pour lire les messages de Xivuna. Et avec frayeur, je me rendis compte qu'elle souhaitait abréger son séjour sur Terre. Elle commençait à redouter la mentalité de ses hôtes. "

4
Moi... Wiz...

" Interdiction à tout individu hors du monde scientifique, de pratiquer des voyages spatio-temporels. Suite à un consensus, seuls nous, scientifiques, bénéficions la capacité et la permission de voyager à travers le temps, dans la mesure que nous possédons des clés de sécurité. Nous visionnons chaque événement, afin d'éviter tout danger, en nous appuyant sur des critères chronologiques. Nous possédons un code de sécurité, nous garantissant notre retour sur Eau. Je sais qu'Itoug, notre couturier, adore les voyages spatio-temporels. Et il a compris que l'autorisation de pratiquer ce grand-voyage, s'avérerait possible, s'il s'adonnait à des études scientifiques se rattachant à l'Univers,.

La fatalité a décidé que notre espérance de vie se dote d'une longévité supérieure à celle des Terriens. En nous référant aux repères temporels terrestres, nous bénéficions d'une vie supérieure à deux-cents ans. Il en résulte que la durée de notre jeunesse, dépasse celle de ces Exra-Eauhestres.

Certains de mes collègues m'avaient appris, que les Terriens chercheraient en vain, à nous contacter. Et leurs résultats s'avéreraient nuls, à cause de leur procédé primitif. Leur technologie s'avérait impuissante.

À chaque fois que j'observais Itoug, je détectais chez lui un comportement suspect. Je souhaitais discerner ce que Xivuna et lui, comploteraient. Mais les résultats se noyaient dans l'impossible, à cause de leurs anneaux. Nous Eauhiens, portons tous à une de nos oreilles, un anneau protecteur. Cet accessoire en or blanc s'active pour protéger notre intimité, notre vie privée, nos pensées... Impossible de pratiquer la lecture de la pensée, sur le sujet portant ce "joyau". Pour leurs enquêtes, seuls, les autorités et les scientifiques bénéficient du droit d'inactiver ces anneaux. Mais dans certains cas, il est possible que nous nous trouvions soumis, à des restrictions.

Les délits s'endorment dans leur rareté. On en dénombre zéro à deux cas, pour une période d'une génération, sur l'ensemble de la planète.

Itoug, toute sa famille et moi, vivons dans une des trois communautés de l'édifice Gruxia. Il s'agit de Xuv. Nous nous déplaçons entre celle-ci et la surface, en empruntant des navettes, montant, ou descendant. Sur notre planète, les édifices occupent les fonds marins. Chaque Chef gouverne un Édifice. Chez nous à Gruxia, notre Chef se nomme le gat-xi. Les dirigeants se contactent entre eux en impliquant les uxes et les six grands contrôleurs installés à la surface de notre planète.

On aurait rencontré les uxes par pur hasard. Durant la dixième génération ascendante ; nos ancêtres, les scientifiques rochiens, avaient débarqué sur l'une des zones glaciaires d'Eau, afin d'apprivoiser et de peupler la planète. Une minime quantité de Rochiens y avait posé les pieds. Leurs projets les avaient invités à tester les températures et à procéder à des observations. À savoir que dans les époques précédentes, ils avaient procédé à d'autres petites visites.

Pour la dernière mission, les hommes s'étaient regroupés en formant une équipe de huit. Ils avaient décidé de quitter Roche, leur planète ancestrale. Et, exploitations ou colonisations s'ensuivraient. Des Rochiens se seraient installés sur cette nouvelle planète Eau.

Dans cette dernière mission impliquant de vastes observations sur place, on aurait envoyé chez des scientifiques restés sur Roche, un compte rendu d'un scénario tragique et émouvant. Les huit explorateurs rochiens se seraient équipés chacun de leur arme, pour assurer leur protection, en cas d'attaque. Quatre hommes se seraient montrés volontaires pour se rendre dans les zones les plus chaudes de la planète, au moyen de leur engin.

En surface, la planète se constitue d'eau. Mais sur Roche, nous y découvrons en plus, des sols de matières rigides. Cette surface rochienne demeure similaire à celle de la planète lointaine Xava ou « Terre ». Sur cette dernière, les coutumes se différencient de la nôtre sur Eau, et sur Roche. La technologie terrienne se révèle primitive.

Un danger guetterait les hommes partis en périple, du côté de l'océan eauhien. Leur engin ayant continué le déplacement dans les fonds marins, aurait rencontré un obstacle, une forme de matière beige et inconnue. Elle se tiendrait résistante et osseuse.

Étant pris de panique, les hommes auraient regagné la surface. Une gigantesque entité, mesurant plusieurs mètres de haut, les aurait heurtés. Un uxe leur aurait barré le passage....

Cette espèce géante se révèle inexistante sur Roche. Vivant sur la planète Terre, elle apparaît minuscule et elle s'assimile aux « crabes » terriens. Jadis, nous en avions exploité. Ce fameux « crabe » géant que nous nommons « uxe », chez nous, sur Eau, mesurerait plus que quatre mètres de haut.

...Ainsi, un des scientifiques de l'équipe étant pris de panique, aurait abattu le crustacé, en lui infligeant de fortes décharges de flammes. L'uxe se serait effondré et aurait succombé à ses brûlures. Tout cela se serait passé si vite. S'étant aperçu que l'uxe serait inoffensif, les témoins se seraient contentés de savonner leur collègue assassin.

Et ce géant occupant cette planète, se serait déplacé en compagnie de son homologue semblable, dont un autre uxe. Ayant été témoin de la scène, ce dernier aurait craché un liquide lumineux, sur l'assaillant responsable du meurtre. Puis, il aurait disparu. La substance aurait infiltré le corps du scientifique, qui aurait fini par se déformer et s'anéantir, en traversant d'atroces souffrances. Les trois autres hommes pris de frayeur, auraient observé leur confrère. Celui-ci dépérirait puis mourrait. Pris de panique, les trois scientifiques seraient rentrés dans leur véhicule pour abandonner l'océan en le survolant. Ils auraient eu hâte de rejoindre leurs collègues. Ces derniers les auraient attendus, sur la zone glaciaire. Mais, en arrivant sur place, les quatre confrères auraient aussi péri. La même substance lumineuse les aurait aspergés. Selon une transmission audio archivée, de l'événement, nous découvrions :

« Qu'est-ce que c'est que ce liquide ?' demanda l'un, des scientifiques.

– Je ne sais pas. Eh ! ne touche pas ! Je ne vois pas du tout ce que ça pourrait être », répondit un autre.

Et les scientifiques auraient aperçu d'autres uxes. Bloqués, les hommes pétrifiés auraient abandonné leur matériel défensif. Ainsi, après une longue discussion, une réconciliation entre nos ascendants humains et les uxes, se serait établie.

D'après ce que nous avions appris, les autochtones d'Eau, dont les uxes, communiqueraient entre eux, au moyen de la télépathie. Ils finiraient par enseigner ce moyen de communication aux Rochiens, nos ascendants, ayant posé les pieds sur Eau. Et cette pratique nous aurait été transmise, à nous, descendants eauhiens. Parmi tous les messages historiques ayant été transcrits, nous en découvrions un des plus célèbres et des plus instructifs :

« *Vous aviez assassiné le mâle d'un couple de crabes et la malheureuse femelle étant meurtrie de chagrin, s'est vengée en assassinant le meurtrier principal et tous vos hommes se trouvant sur la partie glaciaire. Toutefois, nous tenons à établir avec vous la paix sous condition. Étant conscient que vous aviez réellement été terrifiés après avoir vu ce couple, notre population d'uxes accepte votre présence sur Eau ; puisque nous avions bien perçu qu'il s'agissait d'un tragique malentendu ou d'une légitime défense que nous ne devions et ne pouvions pas oublier.* »

Concernant cet évènement tragique, on assimila les victimes à des martyrs, tels l'uxe et les cinq scientifiques humains. Dans un lieu sûr, on assista et encadra l'uxe femelle meurtrière, non punie.

Et, dans notre repère actuel, sur Eau, je suis un homme engagé, témoignant une affection pour une femme, qui ne m'appartient pas. Ma conjointe en est avisée. Et elle l'accepte. Nous nous disons tout. Ma conjointe restera la femme de ma vie ; celle que j'aime en toute sincérité. Et elle le sait. Quelle que soit notre situation, nous avons décidé de rester unis.
La femme ou collègue, ayant réussi à me séduire, porte mon âge. Elle se nomme Van. Elle m'invitait à ses activités scientifiques. Ma concubine et moi, l'avions invitée à déjeuner.
Je travaille dans le domaine de l'écologie spatiale en compagnie de mon amante. Si nous Eauhiens, nous nous efforçons à ne pas contaminer la flore et la faune marine, nous surveillons les alentours, dont l'espace. Tous les Eauhiens jouissent de l'autorisation des périples dans l'espace. À cause de notre activité, nos itinéraires demeurent illimités pour nous, scientifiques. Ma besogne m'amène à observer, ou à noter l'aspect des astres environnants ou lointains. Mon équipe et moi surveillons l'aspect de tous corps célestes naturels.

À la suite d'une alerte en provenance de certains autres chercheurs, on avait détecté des changements anormaux sur l'aspect, de certains chers astéroïdes. Nous les croisions à volonté. Pour nous, le hasard se révèle inexistant. Nous décidâmes de survoler, l'un de ces astres :

« Cet astéroïde est devenu encore plus terne qu'avant... C'était un de mes préférés,' dit Jax un collègue.
– Il n'avait pourtant rien demandé...' ajouta Gwu, mon collègue et meilleur ami.
– La dernière fois qu'on l'avait vu, il était comment dire... en meilleure forme... Mais qu'est - ce qui s'est passé ? On aurait dit qu'il y a eu des dépôts. C'est de la matière ? C'est quoi ? De la poussière ? » dis-je.
Je me souvins de mon incompréhension. La peur m'avait ému. Comment ont-ils osé abîmer cette nature, cette précieuse, cette créature, cette beauté ?
Je repris : « Ça voudrait dire qu'il y a des délinquants parmi nous ».
Parmi les scientifiques, certains d'entre nous soupçonnaient un inconnu, œuvrant à notre insu. D'autres y compris moi, pensions qu'on surveillerait notre planète. Grâce à notre technologie et à nos sens télépathiques, nous comprenions, après plusieurs micro-époques, qu'il s'agirait d'autres choses. Nous pensions aux Terriens humains, aussi curieux, que primitifs et dangereux. Nous visitions, surveillions et exploitions leur planète, dans les époques et lieux sécurisés. Cet astre avait subi plusieurs turbulences à cause de ses propres habitants, esclaves de ce qu'ils nomment, « argent », une de leurs idoles. Nous prenions connaissance des repères dangereux, apparaissant sous nos visionnages. En plus, ces Terriens possèdent des gadgets primitifs, semblant encombrer l'espace. Gwu m'avait rapporté qu'on avait remarqué l'existence de véhicules fonctionnels ou non, au-dessus de leur planète. Certains confrères auraient rapporté qu'il existerait un assemblage de ces appareils. Je pensai que mes collègues exagéraient. Mais Jax m'avait confirmé, qu'il s'agirait d'une de leurs catégories de matériels pri-

mitifs. Les Terriens ambitieux les nommeraient « satellites » :

« Ils en ont qui marchent encore,' dit Jax. 'Et ils sont assez éloignés de leur planète. »

Pourtant, je rêvais de me rendre sur Terre ; ce qui me permettrait si possible, de procéder à des vérifications. J'envisageais de m'embarquer dans un ou plusieurs voyages spatio-temporels.

Je préférai changer d'avis. Il me conviendrait de rester sur Eau et de surveiller Terre. L'idée de rencontrer un de ces Terriens destructeurs, me révoltait.

Nous réalisons les visionnages de la planète étrangère. Cela nous permettrait d'obtenir des détails, afin de nous sécuriser avant de concrétiser nos voyages spatio-temporels. Nous perfectionnions cette lecture. Nous avions demandé à nos techniciens, d'approfondir notre technologie, s'attribuant à notre visionnage. Nous nous attendions à ce qu'ils nous offrent une possibilité supplémentaire, d'agrandir les ralentis d'images. Cela nous permettrait d'élargir des détails, dans les zones de turbulences, impliquées dans des périodes de guerre. L'une des grandes difficultés qui nous attendent dans nos voyages spatio-temporels, consiste de tomber au bon endroit, au bon moment et d'y rencontrer la tranquillité... il s'agit là de ce que n'importe quel être humain, convoiterait.

Dans trois micro-époques, nous bénéficierions à cette lecture ralentie et attendue.

Proche de nous, il existe des voisins occupant la planète, Xan-S-E. Il s'agit d'Eauhiens ayant pris l'initiative de s'installer, sur cette planète. Leur civilisation s'apparente à la nôtre. Mais à la surface de l'astre la population se mouvrait sur du sable, en des moments propices, à la marée basse. Et le peuple résiderait dans l'océan. Nous, scientifiques Eauhiens, savions que les occupants de la planète Xan-S-E ne polluent pas l'espace. Notre technologie s'apparente avec les leurs.

Certains Eauhiens se rendent sur cette planète. Il s'agirait de touristes ou d' individus visitant leurs familles. De jeunes Eauhiens s'y étaient installés de façon provisoire, en amont. Il s'agissait de simples périples. Et l'envie de l'adoption de la planète, prit de l'ampleur. Penser à la possibilité de marcher en surface, sur des espaces sablonneux, attirait et excitait certains d'entre nous. Des prétextes pour s'installer de façon définitive, sur ce monde aux apparences magiques, germèrent.

Sur Eau, point de sable en surface ; l'océan couvre notre planète. Et au niveau des hémisphères proches du centre, nos rives en métaux, donc artificielles, brilleraient sous les Trois Mir. Seul, au niveau des pôles, nous possédons des terrains de glace nous permettant de nous déplacer en surface, en compagnie d'un grand froid.

Nous Eauhiens, pour communiquer entre nous, nous utilisons une langue unique, quel que soit l'édifice occupé. Et en complément de nos connaissances initiales acquises, nous apprenons des langues terriennes nécessaires pour nos voyages spatio-temporels étudiés, dont « l'anglais », « l'espagnol », « le français », « l'italien » et « l'allemand », y compris le langage des signes. Nous avions choisi ces moyens d'expression, les plus courants.

L'utilisation de plusieurs langues chez nous, s'avérerait inutile et compliquée. Et la communication télépathique se pratique, que sous condition. Elle demeure accessible pour nous, scientifiques, dans le cadre de notre profession. Et elle se pratique entre particuliers, sous consentement. "

5
Moi... je suis Itoug...

" Et qu'en est-il de l'autre planète primitive ? Je pense à la planète Vrix, la planète de la perdition. À ce jour, nous la considérons comme étant la planète la plus dangereuse que nous ayons découverte, dans l'univers. Il s'agit d'un monde sans humains, et peuplé de lézards géants. Incapables de se rendre dans l'espace, ces Vrixiens primitifs ignorent l'éventuelle existence d'une population extra-planétaire. Leur puissance semble se reposer sur leur apparence physique effrayante. N'importe quel pilote s'étant aventuré sur cette planète, en la survolant à une altitude basse, s'écraserait de façon impondérable. Ces lézards agacés et effrayés, captureraient ou violenteraient nos vaisseaux, volant.

La planète Vrix et la planète « Terre » représentent des planètes similaires à Roche, la planète de nos ancêtres. Vrix et « Terre » se trouvent éloignées entre elles. Elles gîtent chacune dans une « galaxie » éloignée l'une de l'autre. Et les uxes, autochtones de notre planète, semblent dépasser de loin ces lézards géants vrixiens, dans tous les domaines.

Les Terriens dotés d'une intelligence primitive soupçonnent l'existence d'êtres venant de l'espace. Ils ignorent l'aisance de l'échelle de nos surveillances. Et nos zels, nous permettent d'observer cette « Terre ».

Aucun Eauhien et Rochien n'oseraient s'aventurer sur Vrix. Certains d'entre nous pensaient envahir cette planète de lézards, en procédant par des attaques à distance. Mais, des scientifiques eauhiens rejetèrent cette proposition. Ils avaient décidé d'aplanir cette tâche, sous leur secret. Il semble que d'autres affaires gravissimes, les préoccupent. "

6
Moi... je suis Itoug...

" Vers la fin de la seconde semi-journée, m'étant assuré que ma fille Viak, se trouvait dans notre logis, en compagnie de Bria, je me rendis chez Vriza. Celle-ci rappelons-le, avait offert des gâteries à Viak. Dès mon arrivée, cette ravissante rousse m'accueillit chez elle. Nous nous embrassions sur la bouche et je lui offris mes caresses. Ses cheveux brillaient d'une fraîcheur invincible. Je me suis donc glissé dans les bras doux et parfumés de cette Vriza, cette ravissante gracieuse silhouette stimulée par une taille fine. Elle m'attendait, nous avions convenu de passer la nuit ensemble. Selon Viak et Bria, j'étais parti travailler. Je leur avais prétexté que j'avais pris du retard pour des commandes.

« Alors... ça y est ? pour Xivuna ?' demanda Vriza.

– Oui, c'est fait, elle est partie, expédiée pour toujours ! enfin ! Elle m'a cru en plus...
– Il est vrai que Golx est très bon en voyage spatio-temporel, mais il ne faut pas exagérer ! » fit Vriza en ricanant. Elle parlait de son frère, se nommant Golx.
« Et quand je pense qu'elle s'est fait avoir comme ça... Et elle croit réellement qu'on va la ramener... » dis-je.

Vriza et moi avions préparé un sale tour à l'encombrante Xivuna. Cette dernière aimait passer son temps à écouter derrière les cloisons. N'importe quelle parole pourrait l'atteindre. Notre ruse consistait à parler en émettant une voix perceptible, dans une fausse innocence.

Xivuna aimait suivre n'importe quelle parole libre et indiscrète, traversant par mégarde, murs et cloisons.

Golx et moi, causions. Le sujet de notre conversation se concentrait sur une découverte géniale, consistant à quitter le sol de notre destination. Notre retour bénéficierait d'une sécurité.

En réalité, nous lui avions lâché une dangereuse chimère. Sans cette discussion maligne entre Golx et moi, Xivuna tarderait à plonger ses ambitions dans un voyage spatio-temporel. Elle aurait attendu plusieurs micro-époques ; alors que Vriza et moi rêvions de nous unir.

« Quand elle nous contactera pour activer son retour, nous ferons la sourde oreille,' fit Vriza.
– Mais ce que tu ne sais pas, ce serait bien pire que ça. Ce que tu ne sais pas, c'est que ces Terriens... ne seraient pas des gens si bienveillants que ça. »
Et je continuai, en lui infligeant un fougueux baiser :
« Et nous ferons la fête ce soir-là.
– Méchant ! » répondit-elle, ironique.
Et m'étant ressaisi, je repris :

« Je trouve que tu manques de discrétion.
– Pourquoi ?
– Pourquoi as-tu donné des gâteries à Viak ? Tu sais, si tu te montres trop gentille avec elle, elle finira par se demander si tu ne fais pas tout ça pour te rapprocher de moi.
– Oh ! Excuse-moi ! Mais je ne pense pas qu'elle découvrira quelque chose.
– Ça c'est toi qui le dis. Elle n'est pas aussi idiote que sa mère... Il faut absolument qu'elle croie que tu n'es qu'une simple amie, pour l'instant... sans plus.
– Bien ! je prendrai un peu plus de distances avec elle, comme tu le veux... c'est promis ».

Nous avions ingurgité un bon repas et nous allâmes nous coucher. Le revers du jour se montrait. Dehors, son ombre magique se laissait traverser par de la lueur, de l'étincelle et de la lumière floutée. Nous traversions la fin de la seconde moitié de la journée et cette nuit magique représentait pour moi, une nuit de rêve. Membres de notre groupe Grux-N, Vriza représente pour moi, la femme idéale. Xivuna, n'incarne qu'une façade. Elle m'avait offert son amour et je m'étais engagée avec elle. Pour cette femme, je ne ressens que de l'amitié. Elle, naïve, me croit fidèle. "

7
Je m'appelle Xivuna...

" La nuit de mon arrivée, alors que je dormais dans ma chambre ; mes yeux s'ouvrirent en éloignant mon sommeil. Je m'étais aperçue qu'une partie de mon intuition, avait interrompu mon repos. Je pressentis qu'une partie de mes hôtes, courait un danger. Je découvris que le père de famille qui se reposait à l'étage supérieur, se serait réveillé. En lisant dans ses pensées, je compris qu'il fantasmait sur moi. À côté de lui, se tenait son épouse, dormant. Le sommeil de ce père de famille, s'était troublé. Il imaginait que je me dévêtais pour l'étreindre. Prise d'effroi, ma conscience s'engourdit. Et la fatigue me glissa dans un sommeil.

Dès l'aube, je m'étais réveillée. Et, me rappelant de la détection de ces horreurs humiliantes, je restai éveillée. Je préférai écrire à Itoug. Je souhaitais rentrer sur Eau. De surcroît, j'avais appris que mon hôte avait commis des crimes parfaits ou non résolus. Ce père de famille aurait déjà assassiné plusieurs jeunes femmes me ressemblant. Et il souhaitait m'ajouter à sa liste. Pour lui, il s'agit d'une simple routine. Il fantasme sur sa proie et l'attaque. Il avait commis ces crimes dans son lieu de travail, à son bureau, dans un secteur urbain.

Je m'étais montrée réticente, en racontant à Itoug, que je dormais chez un assassin. Mais je l'avais supplié de me ramener sur Eau. Mes hôtes m'inspiraient la crainte :
« *Itoug, mon amour, fait le nécessaire pour me ramener sur Eau. J'avais parlé trop vite quand je te disais que je suis tombée chez une famille si douce et généreuse - Je pourrais rencontrer des problèmes à cause d'eux. Je t'expliquerai plus tard.* »
Et je lui avais envoyé un autre message que je classifiai en alerte urgente :
« *Tu m'as dit que toi et Golx, vous avez trouvé un moyen de quitter la Terre, à n'importe quel moment et sans code de sécurité. Pourrais-tu alors faire quelque chose pour moi ?* »
Mais depuis l'envoi de ce message, Itoug persiste dans le silence. Je pense qu'il cherche à s'activer pour me ramener sur Eau.

Je m'étais aperçue que je n'avais pas su déceler cette malveillance, qui s'était sertie dans la conscience de ce père de famille. Mon épuisement, ma fatigue, m'avait accompagnée durant mon voyage spatio-temporel.
Et me sentant animée par l'espoir, je me suis laissé enfoncer par la lourdeur d'un abattement m'engouffrant dans un pur sommeil.

Plus tard dans la matinée, sous la grande lueur de l'étoile « Soleil » terrienne, je me suis réveillée. En restant couchée, j'observais, à travers les vitres d'une fenêtre de la pièce, le ciel couleur bleu pastel. Mais une odeur suave et végétale, envahit mon odorat.

En me retournant tout en restant allongée, je découvris que mon bol de potage avait été remplacé par un récipient différent, duquel fumerait une infusion. Cette dernière semblait s'entourer de galettes et de « charcuteries ». J'avais eu l'occasion de goûter ces genres de plats, grâce à l'oncle d'Itoug. Cet oncle nous en avait rapporté, suite à un voyage spatio-temporel, d'un de ses collègues. Je me souvins de ces aliments. Ce "collègue" nous avait raconté qu'il s'était rendu sur Terre, à la suite d'un discret assassinat, s'attribuant à une zone bruyante. Et ce meurtre se serait produit après le repère de mon voyage actuel. Tourments et larmes s'agitaient dans cet espace dense. Et pour garantir sa sécurité, le collègue de l'oncle, s'était rendu sur la zone « Angleterre ». Il y récupéra de la charcuterie et de la « viande ».

Sur Roche, ces denrées se constituant de chair, existent. Mais leurs préparations culinaires, demeurent différentes. Et parfois, nous en consommons. De surcroît, nous dégustons des animaux marins eauhiens. Et ces êtres aquatiques se distinguent de ceux de la planète Terre.

Nous possédons chez nous, une multitude d'animaux, nommés « vaxs », pourvus de forme triangulaire. Ces êtres s'assimilent à certains animaux aquatiques et terrestres, dont des poissons, dotés d'une forme arrondie ou ovale.

Les serpents terriens s'assimilent à l'animal eauhien doté d'une forme beaucoup plus aplatie et d'une longueur beaucoup plus réduite, mesurant au maximum, un mètre. Il s'agit d'un animal plutôt inoffensif, fuyant les humains. Et s'il se sent en danger, il mord son adversaire en lui transmettant un venin non mortel.

La pieuvre, que l'on retrouve sur Terre, ressemble aux « sanxs » de chez nous. Pour certains scientifiques eauhiens, la différence proviendrait de la grosseur et de la quantité de ventouses au niveau des bras du poulpe. Chez les « sanxs », les ventouses demeurent plus réduites et plus nombreuses.

Les uxes, s'assimilant aux crabes terriens, représentent un de nos alliés. Sur terre ces crustacés restent de petite taille et ils demeurent absents à nos coutumes culinaires. Figurant chez nous, dans la classe des géants, les uxes mesureraient au moins trois mètres de haut. Dotés d'une intelligence phénoménale, ils communiqueraient par télépathie, avec nos scientifiques eauhiens. Les uxes nous ont confirmé leurs inexistences sur Xan-S-E.

Je fus prise d'angoisse à cause des mets, que l'on aurait placés sur ma table, pendant que je dormais. Qui m'avait servie ?

Je décidai de me lever pour me laver et m'alimenter. Et je perçus un petit tapage, en provenance de l'extérieur. Il s'agissait de bruits de pas et d'une forme d'aboiement, me rappelant ceux des loups-doux de chez nous. Je me hâtai vers la fenêtre et je découvris un animal, que j'avais déjà observé, en images. Il s'agissait d'un canidé, dont un chien. Cela me fit un drôle d'effet. Je me sentis traîtresse. Je savais que nos scientifiques avaient capturé ces canidés et des félins, pour créer des hybrides de compagnie que nous nommons loup-doux. Mon loup-doux se nomme Nac, à cause de sa couleur orangée. Et il adore les caresses. Leur comportement nous rappelle, celui des félins câlins terrestres. Le canidé que je me contentais d'observer remuait la queue. Il jouait avec le petit garçon qui s'amusait à lui lancer un objet arrondi. L'animal prenait plaisir à suivre cette grosse balle, en courant.

Prise d'émotion, je fermai mes yeux pendant un instant. Je me remémorai ce que j'avais étudié sur l'écriture terrienne. Sur Eau, je m'amusais à écrire sur une surface plane ou dans le vide.

J'allai me laver à ma façon, en me débarrassant de la sueur corporelle et en me rafraîchissant tout en m'hydratant le visage. Ayant massé et discipliné ma chevelure, je fis de celle-ci, un long rouleau que je laissai tomber du côté de mon épaule droite. Et je m'attablai, pour prendre mon repas. J'avais remarqué l'absence de la flamme dans la lampe et je supposai que la personne m'ayant servie, l'aurait éteinte.

Pendant que je m'alimentais, je me concentrai pour découvrir qui occuperait la maison. Je compris que le garçon se trouvait seul. Ayant terminé ses emplettes, la mère en chemin du retour, arrivait. Quant à son redoutable mari, il était parti travailler. Je continuai à petit déjeuner, en attendant l'arrivée de la femme. Et ayant terminé mon repas, je partis m'installer sur le lit. Je savais qu'elle arrivait. En attendant, je frictionnai mon bras gauche, pour vérifier si Itoug ne m'avait pas écrit. Je ne reçus aucun message, mais, de l'angoisse. Je me contentai de me servir d'un bout de patience. L'espoir de quitter les lieux, essayait de m'agripper.

Le temps passa et un de ces drôles de ronflements s'approchait pour encombrer le calme rustique. Ce genre de bruit terrien, proviendrait souvent des secteurs surpeuplés et primitifs. La mère de famille était arrivée.

Selon ma lecture télépathique fiable, la jeune femme était sortie après le départ de son mari. Bonne nouvelle ! Elle s'était abstenue de parler de moi à quiconque. J'entendis son fils, jouant sans se lasser, avec son canidé qu'il semblait adorer. Par la fenêtre, j'épiais sa mère, ayant déjà quitté son véhicule. Elle parla à son enfant avec amour, en lui informant qu'elle lui aurait apporté quelque chose. Je compris qu'il s'agirait d'un aliment que son fils raffolerait.

Ayant vu la femme entrer dans la demeure, je m'éloignai de la fenêtre, pour m'asseoir sur le bord du lit. Je savais qu'elle pensait à moi et qu'elle désirait me visiter. Quelques instants après, j'entendis frapper à la porte de ma chambre. Je restai muette. Et ayant fini par ouvrir, la jeune femme blonde m'adressa un ravissant sourire. Il semble qu'un ruban étirait ses longs cheveux, vers l'arrière. J'endurais la présence de cette beauté. Je savais que son fils et elle, courraient un danger.

« Avez-vous bien dormi ? » me demanda-t-elle.
Je lui répondis en secouant deux fois ma tête, de haut en bas. Elle pensait que je demeurais muette. Ces mouvements de tête utilisés par les Terriens, je les connaissais. Je les avais étudiés durant mes premières époques. Et je fis à la femme, des gestes, exprimant de me donner une feuille de papier et de quoi écrire. Elle m'obéit. Elle me ramena deux objets, dont l'un fin, souple, fragile et blanc que l'on nommerait « papier » ; et l'autre, un minuscule bâton, peut-être métallique. Il s'agirait d'un crayon ou d'un « stylo » selon certaines époques terriennes. Elle prit soin de placer la feuille sur une surface épaisse et solide, ressemblant à du « bois » ou à du « carton ». Je pense qu'il s'agirait de « bois », à cause du manque de souplesse matérielle. Nos

scientifiques, voyageurs du temps, avaient importé certaines de ces deux matières introuvables sur Eau.

Je finis par utiliser ce bâtonnet et j'écrivis en langue terrienne, dont en anglais. Mes mots sur le papier se montraient plutôt imperceptibles. La femme éclata de rire. Et prenant le bâtonnet de mes mains, elle le retourna en dirigeant le bout du haut, vers le bas. Et elle me le retendit à nouveau. Je compris que j'avais utilisé cet objet, à l'envers. Je me mis à écrire, tel qu'on me l'avait enseigné sur Eau. J'avais inscrit que je m'appelais Xivuna Va... Et je confirmai l'existence de mon mutisme. Pendant que j'écrivais, je craignais de faire le moindre faux pas. Et je me contentais de m'appuyer sur tout ce que j'avais étudié. J'avais repris point par point ce que l'on m'avait enseigné sur l'écriture, dont la rédaction en langue anglaise.

En écrivant, j'informai à la jeune mère, qu'elle et toute sa famille, devraient s'attendre à ce que j'utilise l'écriture pour communiquer. Cela paraissait impératif. Et selon moi, cette méthode protégerait mon identité ou mon origine extraterrestre.

Nous, Eauhiens, avions découvert que les scientifiques terrestres résideraient, cloîtrés, dans l'incapacité de discerner notre présence, à cause de leur technologie primitive.

La jeune femme me trouvait comique et bizarre. Et je lui avais exprimé que je désirais me reposer, ce matin.

Mais, satisfaite de notre conversation et envahie par la curiosité, elle s'exprima :

« Je m'appelle Julia Car... Vous pouvez tout simplement m'appeler Julia ».

J'usais de la télépathie, pour faciliter mes traductions. En m'identifiant, j'avais ajouté à mon prénom, un nom de

famille, dont « Va... », afin d'arrondir mon excentricité. Chez nous, les noms patronymiques restent inutiles. À notre naissance, les autorités prélèvent nos cellules qu'ils convertiront en signes. Cela s'avère suffisant pour nous. Et nous adoptons chacun, un prénom.
« Pourquoi avez-vous mis vos lunettes ?' demanda-t-elle. 'Vous êtes dans une maison ici... et il n'y a pas de soleil... de rayon de soleil... »
À ces mots, me sentant piégée, je me contentai de lui sourire. Et j'exprimai en écrivant :
« *Excusez-moi, j'avais oublié de vous dire que mes yeux sont différents des vôtres. Je suis née ainsi. Ça pourrait vous choquer* ».
Et j'enlevai mes lunettes. Surprise de l'aspect de mon regard, elle insinua :
« Vous avez de beaux yeux ! Et ce serait bien dommage de les cacher. Mais si vous préférez garder vos lunettes, vous pouvez les garder... Moi, je préfère que vous les gardiez. Mais sachez bien que vos yeux sont, splendides. »
Elle m'avait complimenté en se mentant à elle-même. Je savais que mon regard l'avait effrayée. Chacun de mes yeux, affichait un iris et une pupille d'un diamètre bien important. Nous Eauhiens, possédons des paupières à la norme identique à celle des Terriens. Mais nos iris et pupilles occupent des diamètres plus grands, en respectant les proportions. Cela nous amène à montrer un regard imposant. Concernant certains Eauhiens en possession d'iris les plus larges, leurs sclérotiques blanches paraîtraient inexistantes.

Me retrouvant seule, je m'allongeai sur mon lit, en méditant et en cherchant une solution pour me délivrer en quittant cet endroit, sournois. J'attendais en vain, l'appel d'Itoug et surtout son intervention. Son beau visage rond au teint délicat, enjolivé d'une langue de chevelure noire, me manquait. Et je me souvenais de ses yeux aussi sombres, stimulant sa frimousse.

Je souhaitai lire, relire et vérifier mes messages. Notons que les missives reçues, sont temporaires. Elles disparaissent après une durée de deux micro-époques. Seules les autorités bénéficient de la possibilité de les enregistrer. Nous manquons de sécurité. Alors, je me trouvais dans l'obligation de consulter plusieurs fois, mon avant-bras. Ayant frotté ce dernier, je découvris l'interminable absence d'Itoug. Et l'angoisse commença à avaler mon bien-être. "

8
Moi... je suis Itoug...

" Étant chez moi, je m'efforçai à me détendre. Je m'étais senti embarrassé. Xivuna souhaitait que je la ramène sur Eau, dans la journée. Ceci s'avérait impossible ! Je désirais vivre avec Vriza. Elle et moi sommes amoureux, et nous cherchions à vivre ensemble notre passion de périple.

Il s'agissait d'un malentendu. Je lui avais raconté qu'un certain Golx, aurait trouvé une solution pour que nous rentrions sur Eau, à n'importe quel instant, lors d'un voyage spatio-temporel. Mais nous avions émis un mensonge. Ayant étudié le grand-voyage, Golx s'était aperçu d'une faille, dans sa recherche. Il avait découvert que le voyageur se perdrait sur Eau, au moment propice. L'aventurier se retrouverait à une autre époque, sur notre planète.

Or, nous désirions nous débarrasser de Xivuna. Golx et moi avions alors décidé de parler de cette expérience en pulvérisant divers mensonges. Pour cela, nous exprimions à haute voix cette prétendue réussite. Et notre cible Xivuna, piégée, nous épierait. Après, il ne me resterait plus qu'à lui informer, que Golx aurait trouvé ce fameux moyen de garantir notre retour, sans code !

J'avais négligé à tort l'importance de la crédulité de Xivuna. Lui ayant parlé, elle m'a cru, sans attendre la présumée confirmation de cette découverte. Je demeurai sidéré.

Et je savais ce que je lui répondrais. Il ne me resterait plus qu'à lui raconter, que j'avais omis de lui annoncer, que nous avions abandonné cette affaire. Je lui demanderais de rester sur Terre, pendant les dix-huit jours terrestres... Ou, j'abandonnerais son retour vers Eau, ou, j'éviterais de lui répondre.

Ce qui reste certain ; après ses dix-huit jours terrestres, j'abandonnerai Xivuna.

Oui. Je me suis aperçu que le manque de sécurité, concernant ces voyages spatio-temporels, nous permettrait de nous débarrasser de quiconque. J'avais ainsi découvert l'une des grandes raisons pour lesquelles, nos scientifiques nous auraient interdit, ces grands-voyages. "

9
Gore, moi...

" J'occupe la planète Eau. Je me suis perdu. Non. Je me suis trompé d'époque. L'absence de sécurité pour l'accompagnement de nos voyages spatio-temporels, risque d'entraîner des erreurs. L'inexistence des moyens, nous permettant la vérification de l'intégralité de nos destinataires, subsiste. Les visualisations et les codes de sécurités restent inaccessibles. Enfin, quelque chose comme cela...

Voilà, je suis resté bloqué dans l'une de ces périodes redoutables ; la « Terreur » semble-t-il, ou, proche de cette « Terreur ». S'agirait-il d'une question de semaine ? Tout le monde s'arrête pour m'observer. La prudence et la peur s'étaient agrippées à mon rendez-vous.

Je pensais que je me trouvais à « Paris ». J'avais ciblé le lieu convenu. J'avais voulu visiter ce lieu de la zone « France » en « mille-neuf-cent-quatre-vingt-douze ». Je me suis trouvé sur le « point », Paris - « mille-sept-cent-quatre-vingt-douze ». Le problème proviendrait de la subdivision. En une touche de miettes de temps, je suis devenu un voyageur amateur clandestin, criant, "au secours". Les visionnages sécurisants et le code me permettant un retour immédiat, sombraient dans l'absence.

Je m'estimai heureux. J'avais évité un voyage me déposant à « la place de la Bastille » en « mille-neuf-cent-quatre-vingt-neuf ». Je pensai qu'en commettant la même erreur de repère, je courrais un plus grand danger, en tombant sur l'époque « mille-sept-cent-quatre-vingt-neuf ». Je risquais de tomber dans les flammes des émeutiers révolutionnaires.

Réaliser ce grand-voyage, dans l'une de ces périodes redoutables ; s'avérait indésirable.

Depuis mon apparition soudaine sur une de ces voies parisiennes, j'incarnais la peur et la frustration.

L'émotion s'attaqua aux quelques passants m'ayant observé, depuis mon intrusion dans ce monde. Effroi et grande stupéfaction, massacraient ces individus. L'extrême choc embarrassant, résidait pendant mon passage, dans cette époque. J'avais observé ces gens, comme ils m'avaient observé. Je m'étais senti piégé. Certains habitants s'écrièrent :

« Au sorcier ! le sorcier ! »

Me sentant menacé, je préférai me laisser emporter par l'élan d'une fuite. Et il y avait deux jeunes hommes, des brigands ou vagabonds. Ils semblaient intrigués. Ils s'étaient lancés à ma poursuite :

« "Sorcier noir" ! » s'écrièrent-ils.

Ayant pris de l'avance, je finis par franchir un détour. Et je terminai ma course en allant m'enfouir dans une meule de végétaux séchés, occupant une charrette. Par télépathie, je découvris que les individus que j'avais croisés, m'en voulaient en raison de mon apparition si soudaine et de ma tenue vestimentaire. J'étais vêtu de ce qu'il y avait de plus classique, dans les années « quatre-vingt-dix », terrestres. Il s'agissait de vêtements noirs comme des chaussures, une veste, une cravate et un pantalon ; tous assortis avec la chemise blanche. Je portais une paire de lunettes sombres et une perruque, imitant une de ces coiffures d'hommes terriens, telle une coupe courte de cheveux bruns.

Quelques instants après, j'entendis les cris de mes assaillants s'amenuiser, et s'interrompre par une autre voix d'homme. Après, je discernai une autre voix masculine au ton timoré, semblant chercher à se dissimuler ; elle disait :

« Faites attention... n'oubliez pas qu'il y a un homme... »

Et à travers les végétaux étant censés me protéger, je discernai avec frayeur, des piques ou des fourches, s'approcher de moi, en m'évitant de si peu. Le risque étant selon moi, immense, je préférai manifester ma présence. Et les assauts des piques, s'atténuèrent. Je pensai distinguer deux fermiers, armés chacun d'une fourche. Et je constatai que les deux brigands qui m'avaient poursuivi, avaient disparu.

Les deux paysans réagissaient sous l'autorité de deux beaux jeunes hommes minces, qui semblaient occuper une classe plus élevée. À propos de ces deux derniers, l'un portait des cheveux blonds et l'autre noirs. Leur chevelure atteignait leurs épaules.

Mais, pris de panique, je découvris que j'avais égaré mes lunettes. Je gesticulai en regardant dans tous les sens. Et :

« C'est ce que vous cherchez ? » me demanda le blond en me tendant ma paire de lunettes sombres, qu'il considérait comme un bijou rare. Et il reprit :
« Où les avez-vous eues ? C'est la première fois que je vois des « lunettes » comme... Ils... c'est... pourquoi c'est tout noir et brillant... Et elles... étaient tombées... et il... elle... est encore bien...
– Oui c'est à moi », répondis-je en tirant et en remettant sans vergogne, mes lunettes. Je préférais ignorer ce que mon entourage aurait aperçu, à propos de mon regard. Inquiets, les deux hommes m'avaient observé... ils avaient observé mes grands yeux bleus, en incarnant l'inquiétude.

Et l'un de ces deux messieurs, semblait se demander, pour quelle raison je m'étais habillé en noir. Grâce à mes vêtements, je passais au-dessus des craintes de me trouver confondu, avec un présumé redoutable « ennemi de la révolution ».
Les deux hommes pensaient que je représentais un esprit ou un « sans-culotte » aimant les couleurs sombres. Je reflétais à leurs yeux, une entité ou un révolutionnaire doté d'un goût particulier.
L'émotion paraissait intense, en raison de mon costume. Et je devins un personnage hétérogène de l'entourage. Le jeune brun me confia sa cape. Lui et son ami me proposèrent de les suivre, sans tarder. Je rencontrai des difficultés, à m'échapper des regards aux allures intrépides et affligeantes. Je préférai éviter de parler et je me contentai d'obéir à ces hommes qui possédaient un curieux accent, selon moi. Je pensais à l'accent germanique. Bien que je comprisse, je préférai user de la télépathie, à cause de certains vocabulaires ! Et étant Eauhien, j'avoue que je

posséderais un accent distingué. Je préférai éviter le langage parlé, pour le moment.

Ainsi, les deux hommes et moi, marchions et marchions. En baissant de temps en temps la tête, je suivis les deux inconnus qui me semblaient paraître bienveillants, à mon égard. Et les deux autres hommes semblant appartenir aux cadres inférieurs, étaient restés sur place. Il s'agissait des propriétaires de la charrette de foins ou de pailles, dans lesquels j'avais essayé de m'y dissimuler.
Les deux personnages que je suivais, s'arrêtèrent un moment. Ils me demandèrent mon nom.
« Je m'appelle Stéphane,' leur répondis-je.
– Oui. Mais ne voudriez-vous pas que nous vous surnommons Ange Noir ?' me répondit le blond.
– Oui... si vous voulez.
– Et moi je m'appelle Jean et lui il s'appelle Josèphe ».
Et ils me demandèrent de rester muet, jusqu'à ce qu'ils me fassent signe. Le signe consistait à me tapoter, la joue. L'un des deux hommes me fit le geste si gentiment avec un léger sourire. On me recommanda de rester naturel. Et j'acquiesçai. Puis, on entra dans une auberge. Un homme court et trapu, nous accueillit. Il semblait nous attendre.
« Ah ! Vous voilà », dit-il en brandillant un torchon souillé. Et m'ayant remarqué, il reprit :
« Mais lui, qui est-il ? un sans-culotte ? Il est bien particulier, il...
– Euh... c'est un ami, on le surnomme Ange Noir. Il peut venir avec nous... il ne fait pas partie de ces hommes... il comprend tout ce qu'on lui dit mais... mais... il n'aime pas beaucoup parler », répondit Jean.
Et il reprit :
« Ange Noir, voici Antoine, notre aubergiste. ..»

L'aubergiste ravi, me montra un sourire timide et accueillant.

Pour ma sécurité, je décidai de me reposer et de lire dans les pensées de mes nouveaux amis. Cette occasion m'amena à mimer. J'exprimais tantôt quelqu'un qui buvait, tantôt quelqu'un qui dormait. Concernant ce dernier cas, je fermai mes yeux et je me suis mis à mimer en réalisant des gestes consistant à pencher ma joue sur mes mains accolées. Heureux pour moi ! Josèphe avait compris ma demande. Il dit :

« Ah ! Mon ami doit être fatigué... et...

– ...Il n'y a pas de problème », coupa Antoine.

Celui-ci m'emmena dans un endroit retiré, dans un coin, où il m'invita à m'attabler. Avant de rejoindre Jean et Josèphe, il fit signe à une jeune femme... Celle-ci vint m'apporter de l'eau et ce qui semblait être un consommé. Je m'abstins à boire l'eau. D'après les informations, que j'avais reçues durant mes formations initiales, l'eau en cette période, demeurerait imbuvable. Un petit doute sur le bouillon fumant, accompagné de chair que j'identifierais à de la viande bovine, s'accrut. Malgré cela, je pris quelques gorgées de ce mets chaud, épicé et riche en « légumes » ou de simples végétaux. La serveuse ayant noté mon comportement démontrant un fait scabreux, lié au repas, me proposa du lait. Selon ma détection télépathique, elle me disait :

« Mon cousin était aujourd'hui de passage et il nous a apporté du lait ce matin ! »

Avec l'émotion, j'avais failli lui répondre de vive voix. J'avais oublié ce que l'on appelait « lait ». Et je finis par me rappeler que pour les Terriens, il s'agirait d'une boisson vitale, d'une denrée brute, extraite d'animaux. Chez les Rochiens, ce breuvage se nomme « ga ». Mais, ma boisson préférée occupe une autre catégorie.

« Et si vous avez encore besoin de quelque chose, appelez-moi. Je m'appelle Catherine », me dit la serveuse. Je lui affichai un doux sourire.

Et m'ayant servi un gobelet rempli de lait, elle s'esquiva.

Quand cette douce Catherine était venue me servir cette boisson, je m'étais souvenu de ces renseignements que l'on m'avait donnés, pendant mes formations. Je pensais au « café », au « thé » et au « chocolat ». Ces délicieuses boissons que les Terriens consomment, nous les connaissons, sous d'autres formes similaires. Il est rare que nous dégustions cette boisson d'origine animale, « ga » ou « lait ». Eux, les Terriens la consomment sous la forme brute. Et absorbé de cette nature, ce breuvage dégoûterait de nombreux Eauhiens. Nous l'utilisons pour des réalisations culinaires, telles des galettes.

Je feignais de m'alimenter en prenant le risque d'avaler certains mets et j'en profitai pour donner l'impression de me détendre. Je gardais la tête baissée, pour me dissimuler. J'avais choisi la posture d'un individu se concentrant pour réfléchir. Et ma réaction avait porté ses fruits. Les regards curieux des bribes de clients, s'étaient dissipés. Persuadés que je me reposais, Jean, Josèphe et Antoine me jetaient des regards trempés de vigilance.

Oui, j'étais en train de les épier. Pour me protéger, je cherchais à découvrir ce qu'ils mijotaient. Il me parut urgent que je m'écartasse du clan, pour une meilleure utilisation de mes pouvoirs de perception. L'apparence de l'homme qui réfléchissait, restait conforme, afin que je concrétise sans incidence, ma lecture télépathique.

Et je discernai une préparation d'une fuite de la part de mes deux alliés. La zone terrienne dont « Paris » ou

« Lutetia », dans laquelle j'étais tombé, se montrait comparable à du textile exposé à un feu terrien, ardant. En me remémorant les informations à propos de la civilisation terrienne, je compris que le terme « Lutetia » reflétait un terme oublié. On utilisait le terme, « Paris ».

Les trois hommes souffraient de la peur. L'angoisse les poursuivait et l'idée d'une fuite vers les côtes américaines, apaisait leur souffrance. On visait les îles. Fait stupéfiant, l'aubergiste projetait aussi de s'y rendre. Le groupe souhaitait que je les accompagne. Je les intéressais, à cause de mes yeux et de la nature de mon apparition.

Oui, en entrant dans la zone « Paris », selon l'un des deux hommes qui m'avait poursuivi, j'aurais apparu d'un trait. Certains passants l'ayant entendu témoigner, pensaient qu'étant ivre, il délirait. Et à quelques mètres, la rumeur avait atteint Jean et Josèphe. Ces derniers pensèrent qu'il existait une part de vérité, à cause de ma tenue vestimentaire ; en dépit de mon apparence révolutionnaire. Mes vêtements s'assimilaient à ceux des « sans-culottes ». Les deux hommes occupaient un cadre supérieur. Et ils fréquentaient la ruse, en évitant de vagabonder en tenues somptueuses. Étant un croyant fervent de l'occultisme, Jean convoitait l'idée de me garder en sa compagnie. Il possédait des ascendants, s'étant familiarisés à d'effroyables affaires de magie noire. Ses grands-parents s'étaient exilés à l'étranger, notamment dans des zones avoisinantes, en « Europe ».

Dans l'auberge, j'incarnais l'objet de la discussion des trois hommes. Ces individus réfléchissaient sur le sort qu'ils m'auraient réservé. Jean et Josèphe, amoureux de magie noire, pensaient que mon apparition proviendrait du fruit de l'évidence. Ils parlaient de mes grands yeux. Selon les trois hommes, je personnifiais un genre d'« ange gardien ». Ils me croyaient destiné à les accompagner et à les protéger, durant cette période trébuchant et sombrant dans un vide redoutable.

Après la fin de ma lecture télépathique, je frictionnai mon avant-bras gauche, sous la table. Cela me permettrait de contacter ma meilleure amie Eauhienne se nommant Xideria. Je me mis à lui écrire un message :
« Salut, Je me suis perdu, je n'ai pas réussi à me rendre au repère Paris - B** puisque je suis arrivé dans une époque de turbulence, par erreur. Je suis en danger de mort, pourtant j'ai pu trouver deux personnes intéressantes. On m'a pris pour un sans-culotte vêtu de noir ; à cause de mon costume et mes lunettes noires, ils m'appellent Ange Noir. J'ai découvert qu'ils souhaitaient se rendre dans la zone Amérique pour ne plus retourner en France. D'après ce que j'ai entendu, tous les territoires américains y compris ses îles, se trouveraient d'une manière ou d'une autre, sous l'emprise des Européens. Je me rappelle d'ailleurs avoir appris ça, quand j'étais en formation - quand je pense que nous en savons plus que ces Terriens - Et je ne t'appendrai rien si je te disais que contrairement à nous, ces individus sont incapables de trouver un terrain d'entente - ça leur permettrait de respecter les besoins de chacun d'entre eux. Et comment vas-tu ma chère ? »

Je me demandais s'il s'agissait du dernier envoi de messages. Je me sentais en danger. Ayant rencontré les clichés des difficultés, je compris que mon retour sur Eau, paraîtrait irréalisable.

Pendant mon enfance, j'avais étudié les histoires terriennes. Et j'avais été horrifié par tout ce qui avait été rapporté. De nos jours, chez nous, les authentiques historiens se confondent à des scientifiques spécialisés en voyage spatio-temporels.

Impossible de comprendre que je me trouvais prisonnier, de l'enfer. Je méditais. Je pensais. Les autorités eauhiennes s'étaient efforcées de nous préserver. Elles nous avaient interdit ces genres de voyages complexes. Et maintenant, je récolte des remords. Les retours miraculeux... vers Eau, me manquaient. Vêtu d'ardeur, j'accourrais pour demander la dissolution de notre groupe Grux-N. Dans le vide, je me résolve à dénoncer la création illégale, de cette petite assemblée.

Je me trouvais enfoncé dans ce trou vertigineux, de cette époque en perdition. Il s'agissait pour moi d'un voyage sans retour, mon déplacement manquait de sécurité. Seul, l'allure de mon costume, essayait de me sauver.

Mes voyages à bord de ma navette sur Eau, me manquaient. Dans les moments favorables, je pouvais me hasarder dans l'espace et visiter d'autres mondes, la nostalgie... Sur Terre je percevais du primitif, de la peur et le danger de mort. Le meilleur choix consistait, à me rendre en Amérique avec mes drôles et supposés amis terriens. Ces derniers se posaient des questions sur l'apparence de mes yeux. Ils me considéraient comme un esprit, ayant pris forme humaine.

Nous envisageâmes de nous rendre sur une île. Le déplacement vers le port, devrait durer quelques jours terrestres. À savoir que l'instant de mon retour vers Eau, aurait reculé de deux jours eauhiens. Cela réduisit ma possibilité de retourner sur ma planète. En tardant sur Terre, je perdais l'énergie me permettant de rentrer sur Eau, en sécurité. Je me trouverais dans une époque lointaine inconnue et cela me conduirait à ma perte, pour l'éternité des temps.

Ainsi, la communication et les transmissions se ralentissaient et finiraient par disparaître.

Xidéria, ma meilleure amie membre du groupe Grux-N, m'avait juré qu'elle viendrait me rencontrer si je ne parvenais pas à retourner sur Eau. Elle m'avait exprimé, qu'elle concrétiserait son voyage spatio-temporel ou qu'elle irait dénoncer le groupe aux autorités. Je la suppliai de choisir cette dernière option, en espérant qu'elle bénéficierait de la clémence des autorités.

De mon côté, sur Terre, j'avais réussi à cacher mes origines et mes émotions. Et pour dissimuler mes yeux, je conservai mes lunettes sombres et étendues. Je possède des iris bleus s'étendant, en réduisant une bonne partie des sclérotiques blanches. Josèphe et Jean préféraient que je garde mes lunettes. Ils trouvaient normal que je tienne à porter cet ornement.

Plus tard, pendant un repas, nous nous étions attablés à quatre, puisque l'aubergiste nous avait rejoints. Jean en profita pour me tapoter la joue.

Et finalement, je m'étais résolu. J'avais décidé d'alléger ma réticence. Je me tenais prêt à accepter toutes les nourritures, en réduisant au maximum les consommations. J'avoue que pour l'eau, mon affaire se montrait complexe. Et je redoutais le risque.

« Pourriez-vous retirer vos drôles de... de grosses « lunettes »... noires ?... vous ne les avez pas retirées. Pourquoi ? » me demanda Antoine.

Et m'étant armé de courage, j'ôtai mes lunettes sombres. Et à la vue de mes yeux, les trois hommes laissèrent jaillir des regards ébahis. M'ayant observé pendant un instant, les garçons se rassérénèrent. Et Jean dit :

« Finalement, tu as de grands yeux bleus. Mais ils sont vraiment très grands. De quelle maladie es-tu atteint ?

– Je suis comme ça depuis longtemps... Je suis né comme ça ,' répondis-je.

– Et... n'as-tu... pas mal ? Tes parents étaient-ils aussi comme ça ?' demanda Josèphe.

– Non, mes parents sont normaux et mes yeux ne me font pas mal,' dis-je.

– Et vois-tu bien ?' me demanda Jean.

– Aussi bien que toi...' dis-je.

– Tu peux les remettre,' fit Josèphe, 'finalement ce n'est pas si grave que ça... Il ne s'agit que d'un simple fait de la nature.

– Oui... j'avais déjà entendu parler d'enfants nés avec des problèmes bien plus graves encore... », dit Antoine. Et il reprit :

« Vous portez un anneau à votre oreille... C'est de l'or ? Si c'est de l'or votre vie pourrait être en danger !

– Non, c'est bien un métal très brillant... mais ce n'est pas de l'or », répondis-je.

J'avais détecté que l'aubergiste luttait avec la tentation de s'emparer de mon ornement. Mais cette idée négative s'évanouit. Et il pensait, qu'en se rendant en Amérique, il empocherait une liberté et d'autres richesses. Il passait son temps à s'imaginer de se trouver devant une caverne de richesse. Oui, ces Terriens adorent ce qu'ils nomment « argent ». Il en découle que je maintiendrais un œil sur cet aubergiste ! Et pour rien au monde, je garderai mon anneau, seul trésor de l'empreinte réel de mon origine eauhienne.

Josèphe et Jean ayant remarqué mon anneau, négligeaient l'importance de ma richesse, même s'ils restaient persuadés que mon bijou serait d'une grande valeur. Cela m'avait rassuré. Ces deux hommes occupaient un cadre moyen ou élevé. À cause de cet ornement, ils supposaient que j'occuperais leur rang, bien qu'ils soupçonnent, que je représenterais plutôt, une entité surnaturelle. Ils préféraient des relations, avec des individus aisés, afin d'éviter d'éventuelles dépenses ennuyeuses.

Nous nous trouvions attablés et accompagnés de multiples lueurs de chandelles. L'éclat demeurait généreux. Je préférai me taire et écouter les trois hommes discuter, malgré leurs lourds accents. Ils projetèrent de se rendre en Amérique. Jean et Josèphe partiraient dès le lendemain, à l'aube. Ils m'avaient recommandé de les suivre. Ils se sentaient poursuivis par de mauvais pressentiments. Quant à Antoine notre aubergiste, il nous rejoindrait sur place, chez son frère. Puis, nous partirions ensemble, pour ce fameux voyage. Sa petite sœur Catherine la serveuse, nous accompagnerait.
Et à propos de son auberge, Antoine céderait sa place à un jeune couple de campagnards. Mais, ce couple se montrait indécis. Ils ressentaient une sécurité vitale, à la campagne.

Dès le lendemain matin, sans attendre, on se préparait pour abandonner les lieux. La noirceur se tenait encore agrippée au ciel... Antoine nous assistait. Pendant qu'à la hâte nous nous préparions, il nous cuisinait un repas. Et au moment où Jean, Josèphe et moi, nous nous trouvions attablés pour manger, il nous distribua pour notre voyage en voiture, de la nourriture enroulée dans une serviette.

D'après ce que j'avais compris, il s'agirait de pain, de fruits et de fromage. De surcroît, Antoine m'avait offert quelques vêtements de rechange, avec des accessoires d'hygiène.

Nous nous exprimons en chuchotant entre nous. Et Antoine nous confirma, qu'une calèche, nous attendait dans la rue D... Et en quittant les lieux, le soleil s'apprêtait à pointer son nez. Nous nous déplacions tous les trois, en nous efforçant de préserver le jeune silence matinal. Nous redoutions en partie, les rencontres des brigands. Pour cela nous gardions en notre possession, quelques écus.

Pendant que l'étoile « Soleil » continuait à grimper, les risques d'une agression s'amenuisaient. Et nous arrivâmes semble-t-il, près de la calèche, d'où nous nous embarquâmes. Pour éviter d'attirer l'attention, le cocher avait évité de nous attendre près de l'auberge.

Durant le voyage, Jean et moi essayons d'entamer le sommeil, pendant que Josèphe guettait. Des arrêts ponctuels à mes malaises, entravèrent notre voyage dans les premiers jours. Je pensais qu'il s'agissait d'un problème d'indigestion, plutôt que d'une intoxication alimentaire. En plus, d'éventuels mouvements de la voiture, aggravaient mon état. La consommation de la viande bovine cuite ou fermentée, m'avait paru inhabituelle. De temps en temps, une nausée me surprenait. Je dissimulai mon inquiétude et ma honte, en émouvant mes amis. Mais, ces derniers nageaient dans l'optimisme, en m'affichant leur sourire. Ils me recommandèrent le repos. Vers la fin du voyage, je finis par m'assoupir. Mon estomac semblait soulagé. Quelle joie ! le problème fut clos. Mon état de santé s'était amélioré. J'avais supplié mes amis, d'oublier les médecins. Selon nous Eauhiens, les médecins de cette époque représentaient des personnages à fuir. Sans le savoir, ces hommes auraient assassiné plusieurs de leurs patients. Leurs méthodes s'appuyaient sur des sottises absolues. Et leurs interventions auraient aggravé ma situation, en me mettant en danger de mort.

J'avais découvert l'existence des relais. On avait changé de cocher ou de voiture. Pour se rendre à Nantes, le voyage avait duré plusieurs jours. Étant arrivé chez M. Nicholas Ha..., le frère d'Antoine, je repris des forces, en me reposant dans une chambre commode et en prenant un bon repas, avec parcimonie.

Je me trouvais en pleine campagne avec une belle vue sur mer. En observant cet endroit magnifique, je rêvais de m'y aventurer.

Pendant ce temps, j'avais constaté que le fonctionnement de mon moyen de communication, se ternissait. Et la possibilité de retourner sur Eau à la bonne époque, avait disparu.

Cette matinée, après m'être réconcilié avec une consommation d'un bon petit déjeuner, je m'étais écarté de mes amis et du lieu de l'hébergement. Selon Jean, Josèphe et moi ; Antoine et Catherine arriveraient dans la journée. Leur absence nous annoncerait, leur retard.

Monsieur Nicolas Ha..., maître de maison, nous avait attendus pour s'apprêter à fêter notre départ pour l'Amérique. Ce bon monsieur Ha..., m'ayant toujours trouvé curieux à cause de mes lunettes et vêtements sombres, me témoignait de l'amitié. Il aimait les nouveautés et l'excentricité. Et il savait que j'occupais la liste des amis d'Antoine. Le premier, il avait remarqué mon mini tatouage rougeâtre, reflétant à la partie interne de mon avant-bras gauche. Au niveau de ce membre corporel, tous les Eauhiens hormis les enfants, possèdent un tatouage conforme, afin de masquer et de protéger la « bille » de leur messagerie. Certains d'entre nous par coquetterie, adoptons des tatouages développés et personnalisés, représentant des motifs. Le tatouage standard que je possède s'assimile à une tache de vin épidermique. On trouverait cette marque au niveau de l'un des avant-bras, d'une grande majorité d'Eauhiens humains. Pour mes amis terriens, cette tache refléterait qu'une simple marque anodine.

L'épouse de M. Ha..., se prénommait Anne. Ils formèrent un couple sans enfants.

M'étant éloigné de la maison, je me suis assis sur une belle pelouse verdoyante et j'écrivis à Xideria :
« *Pour la énième fois, ne vient pas, tu risques de te perdre, il n'y a pas de sécurité. Rappelle-toi ! En revanche, si tu m'aimes vraiment, accepte de dénoncer notre groupe. Je pars pour les Amériques. Mais je sais que là-bas, même s'il n'est pas question de guillotine, il pourrait y avoir des risques de révoltes. Je t'en prie, dénonce le groupe.* »

Quelques instants après, je reçus deux messages, dont un de Xideria et un autre de Gin. Je commençai par alimenter ma curiosité. Xidéria avait écrit :
« *Vraiment, puisque tu insistes, je dénoncerai le groupe. Mais surtout fais attention à toi, dans la zone Amérique. Je sais qu'il y aura une révolution, là-bas - Mais ce serait dans plusieurs époques. Ton avantage, c'est que tu es déjà avisé. Mais, j'ai une autre idée. Je pourrais demander de l'aide à un scientifique. Il passerait te voir et me rapporter ce que tu deviens. Qu'est-ce que tu en penses ? Dis oui ! J'ai pensé toute la nuit à ça ! Et puis pourquoi pas ? Je pourrais même venir te rencontrer - mais grâce au scien-*

tifique - Je ne devrais rien risquer. Et on restera ensemble. »

Dépité, je m'attendais à recevoir ce genre de réponse. Et je me dirigeai vers le message de Gin :

« *Gore, je suis extrêmement triste pour toi. Xideria m'a appris que tu étais d'accord pour qu'elle dénonce l'existence illégale de notre groupe. Et je suis d'accord du fait qu'elle refuse de te suivre dans la mesure qu'elle fait partie de ceux qui n'ont jamais voyagé dans le temps - Je te demande d'être vigilant et de prendre soin de toi. En tout cas je suis heureux que tu ne restes pas dans la zone France en cette maudite période. S'il te plaît, si possible, écris-moi vite quand tu arriveras dans la zone Amérique - Ça apaisera ma conscience. Je te rassure, que j'encouragerai Xideria de dénoncer l'existence illégale de notre groupe, malgré les sanctions que nous risquons d'encourir. D'ailleurs, j'avais été tenté de le faire auparavant. Ton pote Gin qui t'aime* ».

J'avais lu et relu le message de Gin. Et soulagé, je souriais. Mais, j'entendis derrière moi, des bruits de pas, s'approchant de moi. Et après un discret massage sur mon avant-bras gauche, je me retournai. Josèphe, concentré dans ses projets, s'approchait de moi :

« Alors, comment vas-tu ?' me demanda-t-il.

– Je vais très bien... Merci, mais... il aurait pu en être beaucoup mieux, tu sais...

– Pourquoi ?

– Parce qu'on va vers l'inconnu ou plutôt, je pense au voyage maritime... qui me fait très peur...

– Non, ça ira, nous y avons pensé. Nous prendrons le bateau ce soir... et nous connaissons le capitaine qui s'y connaît... Nous ne partirons pas le jour. N'oublie pas que

nous devrions quitter cet endroit. Nous ne reconnaissons plus ce pays... Et nous ne perdons rien, en nous rendant en Amérique.
– Tu as raison... Et si Antoine n'arrive pas ce soir ?
– On partira ensemble demain soir... » dit-il, patient.
Puis, il reprit :
« Bon je dois rentrer, je te laisse continuer à scruter ce beau paysage... ...Tu pourras toujours nous rejoindre, Anne est sortie... et Jean et moi, nous discutons... Nous parlons du voyage en observant notre carte de l'Amérique... »
Et il partit. "

10
Moi, je suis Xidéria...

" Mes yeux ont rougi de chagrin. Je pensais à Gore, mon meilleur ami. J'avais espéré lui avouer que je suis tombée amoureuse de lui, en dépit de ses soupçons de mon penchant pour lui. J'évitai de lui déclarer mon amour en cette situation dramatique. Cela me rendait indécise et nerveuse. Je ressentais de l'amertume et du remords. Gin et moi, nous nous sommes résolus à contacter les autorités. En amont, nous avions préféré alerter les scientifiques. Pour récupérer Gore, nous désirions bénéficier d'une éventuelle aide. Nous nous étions débrouillés pour leur envoyer notre appel, pour leur informer du lieu de nos rassemblements. Les scientifiques, y compris les autorités, possèdent un « zel de messagerie ». Cet émetteur leur permet de découvrir leurs destinataires en grandeur nature ; comme si leurs contacts se trouvaient en leur présence. Notons que seuls les scientifiques et les autorités, bénéficient de ces avantages.

Ainsi, nous atteignons le bureau des scientifiques. L'organisme se situe au voisinage, dans l'édifice Gruxia. Et nous nous sommes mis en relation avec un des responsables. Un séduisant jeune homme au teint d'albâtre nous accueillit. Il possédait une longue langue de cheveux bruns, sortant de toute la longueur de la médiane de son crâne et tombant sur le côté :
« Bonjour... Que se passe-t-il ?' dit le scientifique.
– Bonjour monsieur, nous vous appelons à cause d'une mauvaise aventure... enfin, c'est comme ça que je vois ça... Mais, je ne suis pas la seule... il s'agit d'un groupe,' répondis-je.
– Un groupe ? Et puis, qui êtes-vous ? Et pourquoi vous nous appelez exactement ? Soyez plus précis.
– Je m'appelle Xideria et mon ami à côté de moi s'appelle Gin. On vous appelle à cause de pratiques illégales.
– Mais nous ne sommes pas les autorités... Remarque que vous pouvez nous contacter aussi. Mais si vous avez choisi de nous contacter, c'est parce que vous êtes bien déterminés... alors faites bien attention !
– Oui... on est bien déterminé... Voilà, il existe un groupe non scientifique qui fait des voyages spatio-temporels...
– ...Comment ? C'est une blague ? Oh ! Non !... ce n'est pas possible ! c'est une blague ?... J'espère que ce n'est qu'une blague !...
– Non. C'est bien vrai. Il existe un groupe qui fait des grands-voyages. Et moi et Gin... on fait partie de ce groupe. En fait, un de nos membres s'est perdu dans l'espace-temps ».

Et je me jetai dans mes larmes. Le scientifique peiné et irrité, dit :

« Bon... calmez-vous... calmez-vous... Racontez-moi tout, depuis le début. Que s'est-il passé ? Déjà, quel est le nom de votre groupe ? a-t-il un nom ? »

Je m'efforçai à reprendre un peu plus d'énergie, après m'être calmée en m'essuyant les yeux et le nez, tous deux rougis par la tristesse. Mais Gin prit la parole :

« On a créé un groupe secret qu'on a appelé Grux-N. On pratique de temps en temps des grands-voyages et si on vous en parle maintenant, c'est parce qu'on voudrait la fermer... cesser cette pratique... moi et Xideria.

– Mais pourquoi vous l'avez fait ?... Pourquoi ?... Vous saviez très bien que c'est interdit...,' répondit le scientifique.

– Nous le regrettons, sincèrement... On voulait bien vous en parler depuis longtemps, mais... on ne pouvait pas, à cause des autres membres... ils ne veulent pas qu'on dénonce le groupe. Et... et... d'ailleurs, on souhaite que vous ne leur dites pas qu'on vous en a parlé.

– On ne leur dira rien... Rassurez-vous. On ne vous fera pas ça... On leur dira tout simplement qu'on vous a surveillés et suivis... et on ne vous accusera pas, surtout si vous continuez à coopérer avec nous. D'ailleurs nous n'allons pas tarder à contacter les autorités... et eux... en tous cas, ils ne vous condamneront pas, en tous cas, je ne le pense pas. Et c'est bien d'être venu nous en parler... » Et après un temps de réflexion, il reprit :

« Bien... attendez-moi un instant et je reviens vers vous... »

Le scientifique s'absenta. Et quelques instants après, il réapparut, entouré de deux femmes et d'un homme. Le groupe représentait une petite équipe de chercheurs. Le scientifique reprit :

« Bon, excusez-moi... je ne me suis pas présenté, encore ; je m'appelle Julxo et je vous présente mes collègues. Nous nous chargerons de votre récit. Surtout, n'hésitez pas à nous donner le moindre détail, s'il vous plaît. »

Gin et moi, nous leur racontions de quelle façon Gore s'est perdu dans une de ces époques redoutables, sur Terre. De surcroît, nous leur avions parlé de Xivuna. Cette femme aurait rencontré de graves ennuis. Et Gin se demandait si elle n'aurait pas heurté, une fâcheuse rencontre. "

11
Moi Julxo...

" J'ai reçu un appel d'une jeune femme, Xidéria et d'un jeune homme, Gin. Ils semblaient terrifiés et meurtris de tristesse. Ils m'ont avisé de leurs rassemblements secrets. Au lieu « d'écraser » l'appel, ils nous l'ont « souligné ». Ainsi, nous nous trouvons en possession de multiples informations utiles pour notre enquête. J'ai alors contacté mes trois collègues Fan, Xani et Joax dont, deux femmes et un homme. Nous nous mîmes à écouter et à noter le récit de nos deux correspondants. Et ayant terminé, ceux-ci prirent congé. Et la communication se coupa.

« On vient de les écouter. Et toi ? Que comptes-tu faire maintenant ?' me demanda Xani.
– On ne devrait pas les laisser comme ça... Ils ont plutôt été de bons coopérateurs, pourvu que ça continue. Mais je

deviens de plus en plus dubitatif, parce que c'est la première fois qu'on étudie un cas comme ça,' lui répondis-je.

– Oui, Julxo, je suis de ton côté, on va faire le nécessaire pour qu'ils ne subissent pas de conséquences trop fâcheuses. Normalement, le gat-xi devrait les épargner. »
Et je finis par annoncer à toute l'équipe :
« Je vais contacter les autorités, maintenant... et vous restez avec moi. »

Je contactai le gat-xi, Chef de l'édifice Gruxia. Notre bureau scientifique dépend de cette autorité. Après le claquement de mes doigts, nous découvrîmes une très belle femme dotée d'une silhouette attrayante. Elle tapotait sur un appui. De cet appui, une forme d'énergie minuscule, semblable à une flamme ténue vert argent, se mit à jaillir. Mais il m'a semblé que je connaissais cette femme. Ses cheveux noir de jais, coupés court, s'harmonisaient avec son délicieux teint bien basané.

« Bonjour... Je suppose que vous me voyez ! Vous êtes les scientifiques du déplacement... je suis à vous dans quelques instants,' fit-elle en se préoccupant de ranger des tablettes de dossiers clignotants.

– Oui ! Nous vous attendons...' lui répondis-je en lui témoignant un sourire amical. »
Puis, ayant entendu ma voix, la femme se leva, choquée. Et elle dit :
« Julxo ! Mais qu'est-ce que tu deviens ? Il n'y a pas si longtemps...

– ...Si longtemps que je ne t'avais pas vu ? Maza !' dis-je, puisqu'elle se nommait ainsi. 'Après avoir déménagé, j'ai perdu toutes tes traces.

– Tu ne m'as plus du tout appelée. Alors j'ai pensé que tu

ne voulais plus me revoir... Décidément, tu n'as pas changé ! Et même ta voix...
– ...L'incident est clos... puisqu'on se retrouve maintenant et que je ne te lâcherai plus,' dis-je, soulagé.
– Qu'est-ce qui t'amène chez le gat-xi ?
– Ouais, tu ne me croiras pas ! Il est interdit à tout Eauhien non scientifique, de procéder à des voyages spatio-temporels... Ça, tu le sais.
– Parfaitement.
– Eh bien figure-toi qu'il existe un groupe secret ici à Gruxia, qui aurait enfreint cette loi.
– Comment ? Mais comment l'as-tu découvert ?
– Je l'ai su par deux personnes du groupe... de ce groupe secret. »

Auparavant, Maza et moi poursuivions nos études en même temps. Nous nous côtoyons. Et ayant déménagé, il m'a été difficile de lui transmettre, mes nouvelles coordonnées. J'avoue qu'elle m'a manqué et à ce propos, je m'étais interrogé sur l'existence d'une réciprocité. Mais, j'avais pressenti que je la retrouverais. Une de mes collègues lui adressa la parole :
« Bonjour, je me présente, je m'appelle Xani. Cette femme qui nous a appelés, nous a affirmé que celui qui aurait enfreint cette loi, serait resté bloqué sur la planète Terre à une époque extrêmement éloignée ; la position Terrienne avait repéré mille-sept-cent-quatre-vingt-douze. Ils ne pouvaient pas indiquer leur position d'origine pour leur sécurité. Donc pour faire leurs grands-voyages, ils... ils ne peuvent qu'utiliser la date du lieu de destination... Mais ils avaient fait une erreur... Et la date de son départ n'a pas été enregistrée... Quand même, est-ce qu'on ne pourrait pas essayer de ramener ce voyageur ? Je vous le demande en

vain... Ils n'ont aucun code de sécurité, pour leur permettre leurs retours immédiats... et des signalements de vérifications...

– Oui... je vois... Il a fait une erreur lors de sa validation ! Effectivement... Mais je ne suis pas certaine qu'on puisse grand-chose pour lui encore... à moins que...," répondit Maza.

– À moins que quoi ?' demandai-je, surpris.

– Si jamais on pouvait envoyer un des nôtres,' dit Maza.

– Qu'entends-tu par un des nôtres ? ' dis-je, étonné.

– Un de nos scientifiques, que ce soit de chez nous ou de chez vous. Mais le sauveteur restera bloqué à cause de son prédécesseur ; puisqu'il n' y a pas eu de sécurité, initialement. Le sauver nous amènerait à sacrifier un de nos hommes. Donc c'est impossible.

– Vrai, après tout, on les avait bien prévenus », répondit Xani, navrée.

Je restai silencieux. Nous avions essayé d'éviter ces genres de problèmes graves. Nous avions interdit aux amateurs, ces voyages spatio-temporels.

À propos de cette affaire impliquant ces voyages illégaux, une surprise cloua Maza. On lui a appris qu'une certaine Xivuna, concubine du neveu de Wiz, aurait plongé dans ce fameux voyage spatio-temporel. Maza connaissait Wiz. Et ce dernier lui avait confié, que Xivuna serait partie en déplacement, en Gacgaxia. Selon Wiz, également collègue de Maza, il s'agirait d'une information indirecte. Son neveu lui aurait transmis ce message. Maza s'émut. Elle s'inquiéta pour Wiz ; comment réagirait-il, après cette révélation ?

Le gat-xi bannira Gin et Xideria de toutes condamnations. Avant d'intervenir, il envisagera une éventuelle collaboration avec eux. On nous avait avisé la micro-époque du prochain rassemblement clandestin. Nous surprendrions les adeptes durant leurs activités. Pour ce groupe secret, nous envisagions une sanction simple que nous attribuons aux délinquants. Nous programmions une incarcération de sécurité, de plusieurs époques. Et la durée de l'isolement dépendrait de la gravité du traitement, qu'auraient subie les victimes des prisonniers. L'isolement se déroule dans l'édifice des uxes, dont Gaxe. Les délinquants y séjournent pour des cures. Ces soins s'avéreraient sévères. En quittant les uxes, les délinquants ne commettraient plus aucun délit. Les uxes, ces crabes géants qui nous avaient enseigné la télépathie, soignent n'importe quelle maladie d'origine psychologique. En cas de meurtre, une restriction s'impose aux délinquants libérés. L'assurance de la protection de l'entourage, reste importante. Les uxes procéderaient à une surveillance perpétuelle, non ressentie par le sujet ; il s'agirait d'un contrôle perpétuel.

Après notre entretien avec les autorités, mes collègues et moi nous nous promenions au sein de la cité. La nuit arrivait à son rendez-vous et nos besognes nous rejoindraient au lever des Trois Mirs. Nous nous étions réunis sur une place, à cause de la révélation terrifiante de Xidéria et de Gin. Cette nouvelle nous avait tous affectés. Angoissés, nous espérions qu'aucun de nos proches, ne s'y trouverait impliqué.
Or depuis plusieurs époques, cinq délinquants eauhiens humains, ayant terminé leurs traitements durant leur incarcération, demeuraient toujours absents dans leur résidence. Personne ne les avait encore rencontrés. Des enquêtes

s'activaient chez les uxes et chez nous. Les crabes nous avaient informés, qu'ils les avaient accompagnés à la porte des édifices, dont Gruxia et Gacgaxia. Sur le globe "eauhestre", Gacgaxia se trouve du côté opposé de notre édifice. Sur Eau, nous comptons en tout, trois édifices.
Nous livrons notre confiance aux autorités uxes, malgré leurs physiologies animales. J'avais appris que ces espèces eauhiennes comptaient approfondir leur enquête en interrogeant leurs semblables, dans la mesure que les disparus auraient séjourné dans Gaxe.

Moins de cent époques étaient passées, après l'installation des Rochiens sur Eau. Notre réconciliation avec les uxes, demeure récente. Certains acteurs des évènements historiques s'attribuant à notre planète, vivent encore parmi nous, dont l'uxe femelle, ayant vengé son ami. Elle avait assassiné, les premiers Rochiens. Des Eauhiens humains l'auraient déjà rencontrée après son incarcération.

Pendant ce temps, des scientifiques se retournent vers la planète Terre. On aurait détecté une présence de pollution spatiale. Et nous redoutons de découvrir dans l'espace, des apparitions de matières intrusives. Les Terriens se croient seuls dans l'univers. Notre présence se montre invisible à leur perception, bien qu'ils essaient de dénicher des mondes, notre présence... Représentant un des scientifiques pacifiques, je me plaignis des dégâts causés par cette planète Terre. Et, nous venions de découvrir que certains Eauhiens têtus, se seraient perdus dans ce monde ! "

12
Moi... je suis Itoug...

" Sans succès, j'ai essayé de contacter Gin. Que trafique-t-il ? De coutume, à la veille de chaque rassemblement secret de notre groupe, nous communiquons entre nous. J'ai reçu son message écrit. Il m'avait indiqué qu'il travaillait et qu'il me demandait de le pardonner. Et plus tard, il me rappela. En l'observant, je me suis aperçu qu'il avait changé. Il semblait si apaisé. Je connais Gin, depuis son enfance. Il a toujours reflété le garçon timide et réservé. Mais, en face de moi, je ressentais cette réserve en lui, avec autre chose, une certaine familiarité de sa part, une tranquillité infinie.

Je lui avais proposé que nous discutions, à travers nos émetteurs. Il s'agit d'appareils de communication. Il ne s'agit pas de représentations terriennes, primaires et passives. Nos correspondants respectifs restent réels, vivants mais minuscules. Nos moyens de communication s'assimilent à ceux de nos scientifiques. Hormis chez ces derniers, la retransmission conserve la taille originale de chacun des correspondants. Et ces communications d'ordre professionnel, bénéficient d'autres avantages, inexistant chez nos simples émetteurs.

J'indiquai à Gin que Xivuna gisait, piégée, sur Terre. J'avoue que le comportement de mon interlocuteur m'a paru différent. D'habitude, en lui parlant de ma conjointe, il demeure réfléchi ou inquiet. Mais durant notre dernière entrevue, il m'avait affiché une mine d'un esprit distrait. Et il semblait placide.

Heureux pour moi que le lendemain, on se réunirait. Golx et moi, raconterions à tout le monde, que Xivuna surnage dans la joie, sur Terre. Je raconterais à Gin, qu'elle avait exagéré, en me parlant de ces Terriens malveillants qui l'auraient accueillie. Et j'avoue que depuis le départ de Xivuna, je me sens soulagé. Son absence me permettrait de respirer et de vivre avec Vriza.

Nous, Eauhiens, en choisissant de vivre en couple, nous décidons nous-mêmes, de notre statut. Et celui-ci devra demeurer secret. Quoi qu'il advienne, si nous souhaitons rester ensemble, nous resterons discrets sur nos décisions, hormis en cas de séparation. Mon oncle Wiz ne m'avait rien divulgué, à propos de son statut. Et j'avais appris qu'il côtoyait d'autres femmes. Je sais qu'il fréquente ouvertement une de ses collègues, dont il en serait épris. L'épouse de Wiz semblant souffrir, persiste à supporter la situation. Quel courage !

Chez nous, un couple créé, se déclare. Mais la nature de la relation restera secrète, tant qu'il n'y aura aucune décision de séparation. Et cette décision se tient officielle. "

13
Moi Julxo...

" Je me préparais pour rencontrer le groupe Grux-N. Devant mon réflecteur de toilette, me rapportant mon jeune visage et crâne au teint clair délicat, j'essuyai et disciplinai ma longue langue de chevelure brune, que je laissai tomber sur une de mes épaules...
 Xideria et Gin m'avaient envoyé des consignes et des codes, pour accéder au groupe. Nous, scientifiques, avions envisagé de surprendre en flagrant délit, les membres dans leur réunion. Cela nous arrangerait pour les preuves, de façon à minimiser les analyses. En cas d'une violation d'une loi, nous procédons à des recherches et enquêtes. Après l'interception d'un coupable, nous emmenons celui-ci, en soin intensif, chez les uxes, ces fameux crabes géants. Certains humains s'émeuvent terrorisés à leur vue. Mais nous, scientifiques et autorités, supposons, que si le délin-

quant se trouve en de bonnes mains, les sensations d'épouvante et de terreur de cet incarcéré, se trouveraient anéanties.

Pour certains Eauhiens humains, s'exposer à ces géants, évoquerait une désagréable sanction. En réalité, la véritable sanction reflète une démarche vers une voie d'une guérison morale par hypnose. Et les uxes habiles, procéderaient à ces fonctions. Et ce sont eux, qui nous auraient initiés à la lecture de la pensée. Nous avions avisé ces crustacés géants, de notre intervention secrète, concernant l'affaire du groupe Grux-N. Et ils procéderaient à une surveillance renforcée.

Comprenons que dans notre monde, chacun occupe une place dans la liberté, à condition d'éviter d'irriter ou d'attaquer quiconque. Certains suivent la désobéissance pour cette loi Eauhienne, en s'abandonnant tout en voulant s'en prendre à autrui. Dans le cas présent, concernant ce groupe clandestin, le dérapage proviendrait de la pure désobéissance d'une loi. Et nous, en tant qu'autorités, nous réagissions. Oui, et je pensais à Xivuna, cette Eauhienne, se trouvant bloquée sur Terre ! Nous l'avons perdue. La ramener sur Eau signifierait sacrifier l'un d'entre nous. Ces délinquants avaient enfreint la loi en procédant à ces grands-voyages nommés, voyages spatio-temporels. On m'avait rapporté que Xivuna se situerait dans la zone Écosse. Et qu'elle se serait installée chez des campagnards.

Mon coéquipier Joïon et moi, nous nous sommes retrouvés à notre lieu de travail, afin de préparer d'éventuelles armes de protection. Et nous rappelions les consignes à nos collègues scientifiques. Selon le déroulement de notre intervention, certains d'entre nous serviraient de ren-

fort. Au début, nous interviendrions à travers une équipe de six. Joïon et quatre autres membres, m'accompagneraient.
Et ce fut le temps fatidique...
Après un simple claquement de doigts, je m'embarquai pour me rendre à mon lieu de travail. Et là, Joïon m'attendait, en compagnie de quatre autres collègues.
D'un clin d'œil, nous apparûmes parmi les membres du groupe Grux-N, raides, horrifiés.

Une panique éclata. Et le leader du rassemblement clandestin s'écria :
« Qui nous a trahis ? »
Chacun et chacune des membres se regardait les uns, les autres en se laissant pousser diverses questions, sans parvenir à trouver une réponse convaincante. À travers de timides murmures anxieux, j'imposai ma lourde voix en m'écriant :
« Ça suffit ! Taisez-vous ! Personne ne vous a trahis. Nous vous avons seulement suivi à votre insu. Et évidemment vous ne pouviez pas le savoir ; c'est à partir de là que nous avons osé accéder. Maintenant vous allez suivre la flèche de feu et à la moindre tentative d'évasion, vous serez brûlés vifs ! »

À l'aide de nos torches, nous obligions les membres clandestins, à former six groupes. D'après les informations, les Grux-N comprenaient vingt-six membres. Le dernier clan constitué de six individus impliquant Xideria et Gin, resterait près de moi, derrière les autres clans. Cela me permettrait d'écarter, à l'insu des autres suspects, ce duo s'étant montré coopératif.
Ayant claqué en douceur mes doigts, pendant que certains de mes collègues complices s'exprimaient à voix hau-

te, Xidéria et Gin disparurent. Je les avais lancés chacun, dans leur propre résidence. "

14
Moi... Wiz...

" Quelle horreur ! Quelle horreur ! Itoug fut arrêté ! Non ! Non ! Je n'y croyais pas ! je n'arrivais pas à croire qu'Itoug eut enfreint la loi !...

Oui, je m'en souviens. J'avais remarqué son comportement, semblant malhonnête. Quand je lui avais demandé les nouvelles de Xivuna, il m'avait donné cette impression de me lancer des regards, fuyants. Et je pensais à cette Xivuna sur Terre, quelque part sur Terre. Pour nous Eauhiens, nous la considérions comme morte. La ramener sur Eau reste impossible. La ramener sur Eau à cause de la mauvaise méthode non sécurisée de ces délinquants, entraînerait la perte d'un scientifique. Ces genres d'individus tels qu'Itoug et Xivuna, personnifient l'irresponsabilité.

Le gat-xi, notre dirigeant principal, procéderait à leur « étude ». Les scientifiques pratiqueraient la lecture de chacun des membres de ce groupe clandestin. Ces lectures se produiraient le lendemain, dans toute la première moitié de la journée. Je comptais m'y rendre !

Mon meilleur ami Guw, arriva chez moi. Il était passé me chercher. En exprimant son empathie, il se jeta dans mes bras en guise d'un bonjour. L'air mi-sombre, mi-jovial, il insinua :

« Tu sais ! On ne t'a pas encore tout dit ! Tu ne sais qu'une partie de l'histoire horrible, concernant ce groupe clandestin. »

Selon certains membres arrêtés, le retour de Xivuna s'avérait impossible. Selon Itoug, Xivuna leur aurait raconté qu'elle s'y plaisait sur Terre et qu'elle souhaitait y rester. Mais, je pensais que pour Viak, ma "belle-nièce" choisirait de rentrer.

J'espérais qu'on finirait par assister à l'effondrement du mystère de cette affaire, grâce aux lectures télépathiques. Ce soir-là, mon sommeil s'était montré absent. Et je regardai le « zel ».

Le lendemain matin, Guw et moi, nous nous préparions pour nous rendre au spectacle-surprise. Nous assisterions aux défilements d'images, prouvant les mauvaises fois des membres. Des scientifiques liraient dans les pensées de chacun de ces délinquants. Ils découvriraient les activités, tels des voyages spatio-temporels, réalisés pendant les réunions clandestines. Évidemment, ces diffusions se différencient des « zels ». Les images représentant qu'une transcription, se montrent assez brumeuses, épisodiques, compréhensibles et informatives.

Et je pris conscience qu'Itoug et Xivuna, représentaient des personnages irresponsables, ayant osé nous échanger des bonjours et des bonsoirs, sous un grand sourire. Selon moi, ils oubliaient la valeur et le respect du monde, quand ils déliraient dans leurs ouvrages.

Dès notre arrivée chez les autorités, j'avais remarqué qu'Itoug accablé de désespoir, s'était réduit en miettes parmi ses autres confrères détenus. J'avais conclu trop vite... Aussi, j'avais découvert une femme nichée parmi les captifs, une femme en pleurs. L'épuisement et la tristesse l'avaient allongée sur les genoux de certains prisonniers angoissés. J'eus pitié d'Itoug et de la jeune femme. Mais je pense qu'ils se sont fichus des Eauhiens. Observer Itoug de cette façon, me désolait. Il tenait à son groupe clandestin. Et il paraissait méconnaissable ! Les prisonniers ayant été conduits chez le gat-xi, se trouvaient installés dans une salle sphérique transparente, en verre. Guw mon collègue, murmura :

« C'est curieux... qu'Itoug soit tout démoli, les autres membres le sont beaucoup moins. Tu sais au juste, ce qu'endure un délinquant, en général ?

– Ils endurent au juste pour leur clandestinement, un séjour chez les uxes. Comme ils ont violé les lois du voyage spatio-temporel, ils auront un séjour au moins deux fois plus long que ceux... d'un simple délinquant... Enfin c'est ce que je pense et que j'avais appris,' répondis-je, aussi discrètement..

– Ah ! C'est parce que je vois une femme rousse en train de pleurer, là-bas. Peut-être qu'elle a peur des uxes ! Et peut-être qu'Itoug a peur lui aussi... des uxes.

– Moi aussi, c'est ce que je suis en train de penser. »

Et la séance de télépathie commença. On appela l'un des membres de Grux-N. Celui-ci quitta la bulle de verre en traversant une paroi transparente, à proximité de flammes dorées, gracieuses... On lui enleva son anneau qu'il portait à une de ses oreilles et on l'obligea à porter un casque en or blanc. Il s'agissait de la procédure classique. Le casque du prisonnier se tenait rattaché à celui du scientifique récepteur, procédant à la lecture de la pensée. Et cette dernière se convertissait en pensée imagée au niveau d'un écran virtuel. Guw et moi, nous nous trouvions en compagnie des autres invités et collègues scientifiques. Nous, spectateurs, assistions à ces séances télépathiques.

Ayant observé ces images et ces scènes, nous nous trouvions dans l'obligation de ne rien révéler. Et si l'abstention de la révélation de l'information s'avérait impossible, on procéderait à un nettoyage cérébral, afin de garantir le silence. En ce qui me concerne, je préfère tout garder en moi. Cela occupe une case de la difficulté, de mon métier. Les confrères se livrant au nettoyage cérébral, restent rares.

Après l'exposition en spectacle, de leurs pensées, les détenus se trouvaient meurtris. Les lectures concernaient les véritables délinquants, ou les détenus surpris en plein délit. C'est pour cette raison que les autorités procèdent à des séances d'épurement, consistant à trouver par télépathie, de véritables coupables. Et après cette activité, on procède à de tels spectacles télépathiques.

Pour l'affaire à laquelle nous assistions, on avait pris les coupables en flagrant délit. Pour cela, le spectacle nous afficherait toutes les marques de vérité, en présence des délinquants. J'avais appris qu'on avait reconnu innocents, deux autres membres ; ils auraient dénoncé leur propre groupe. "

15
Moi... je suis Itoug...

" Les autorités munies de leurs torches de flammes multicolores, m'accompagnèrent. Ma destinée se trouvait devant moi.

Je reçus une lueur de joie quand j'obtins l'autorisation de rencontrer Vriza, pendant un bref instant. Ma bien-aimée et moi avions compris que notre incarcération respective, entraînerait notre séparation, pour une durée indéterminée. De lourdes larmes fuitaient des yeux inconsolables, de ma Vriza.

La fin de cette seconde moitié de la journée arriva contre mon gré. Accompagné, je me dirigeais en navette sous-marine, vers Gaxe, l'édifice des uxes. Je redoutais cela depuis mon arrestation. Retournerais-je un jour à Gruxia ? Que sont devenus les anciens détenus humains ? On nous avait informés de leur arrestation ; depuis, le temps a régné, le vide a régné.

L'étape épineuse approchait. La navette arriva à destination. Encadré d'hommes de l'autorité, munis de leurs torches de flammes multicolores, je traversais un long couloir sombre. La distance de la voie que nous suivions, s'amenuisait. Vue d'une hauteur, cette voie en mur d'acier blanc, constituerait une forme triangulaire. Celle-ci nous conduisait vers une ouverture représentant un sommet de ce vague polygone. Le plafond de l'édifice se trouvait à une hauteur démesurée. Sur les murs d'acier clair, de curieuses ombres de formes envoûtantes, dansaient. Il s'agirait, de simples décorations vivantes.

Nous arrivions à cette ouverture centrale. Et :
« Nous devons vous laisser ici,' dit un homme.
– Et je devrais alors attendre ?' demandais-je.
– Nous n'avons pas le droit de franchir cette porte. Un uxe viendra vous accueillir, ici même,' me dit un autre homme.
– C'est le règlement. Allez, tout se passera bien », ajouta une autre voix masculine.

Et je me trouvai abandonné, près d'une entrée close. Les hommes qui m'avaient accompagné, s'étaient empressés à quitter les lieux.

Seul, dans la terreur, j'attendais, tout le long d'une durée. Et on m'ouvrit. Mon étonnement m'avait dépassé. J'oubliai de parler. Un humanoïde muni d'une carapace ocre, m'accueillit. Il possédait la taille normale d'un humain. Sa tête plate en forme d'ellipse, s'associait avec deux pédoncules d'yeux et deux paires d'antennes. J'eus l'impression d'apercevoir un humain pourvu d'une « tête » de crabe, munie d'une bouche d'une largeur et d'une grande fente, gisant. Cette entité dépourvue de pieds, se tenait debout sur ses deux jambes larges et arquées, dont deux larges pattes habillées d'un pantalon moulant et sombre.

L'être avait dégagé l'obstacle métallique, à l'aide de ses deux pinces agiles rattachées à ses deux larges bras dénudés. Un gilet sombre et délicat, habillait à moitié, son torse dur et orangé. L'homme-crabe restait silencieux. Il m'observa et leva une de ses pinces. Et je me trouvai à cet instant, dans une pièce métallique, dans laquelle un « zel » et de la nourriture, m'attendaient.

Incapable de parler, je me mis à ingérer ces plats délicieux, mes plats préférés. Atteint d'une frayeur, je mangeai avec appétit. Quelle singularité !

Ces personnages, ces hommes-crabes, je les voyais pour la première fois. La population Eauhienne civile y compris mes connaissances, semblait les ignorer. Et les autorités, les connaissaient-elles ? Mon oncle connaissait-il leur existence ? Je savais que les uxes occupaient notre planète. Je pensais rencontrer des crabes géants.

Je découvris que mon anneau protecteur de la pensée, avait disparu. On me l'avait pourtant rendu, après l'exposition forcée de ma pensée, pour la lecture. Mais à quel instant me l'aurait-on repris ? L'aurais-je perdu ? Me l'aurait-on dérobé ? Quelle horreur ! Et d'où viennent ces hommes-crabes ? "

16
Moi... Wiz...

" Après des micro-époques suivant l'arrestation d'Itoug, je préférai méditer parfois seul ou en présence de Gwu. Nous pensions à la malheureuse Xivuna. J'avais décidé de bannir Itoug de mes pensées. Gwu souhaitait que je pardonne celui-ci et que nous l'accueillerions dans la joie, après sa libération.
 « Xivuna ! Oh ! Xivuna, où es-tu ? Que deviens-tu ?' fit Gwu.
 – Perdue... Elle s'est perdue... à cause de ce It... It... Je ne veux... Je ne peux plus prononcer son nom. Cet assassin... C'est un assassin !' dis-je.
 – Perdue dans l'ombre... Oui nous avons perdu cette ravissante femme...
 – Je ne peux plus prononcer son nom. Rien qu'en essayant de prononcer son nom, il me donne envie de vomir !

– Moi, j'en suis horrifié... Mais fais un effort. Pardonne-le. Il devrait d'ailleurs quitter les uxes après une vingtaine de micro-époques.
– Et Xivuna ? Quand reviendra-t-elle ? On ne pourra plus la faire revenir. Et toi est-ce que tu le pardonnes ? Après tout, tu n'es pas son oncle. Mais moi, c'est mon neveu et Xivuna n'est qu'une innocente. J'espère ne plus revoir Itoug.
– Pardonne-le.
– Non. Je ne le pardonnerai jamais. Jamais... tu entends... Et cesse de me parler de lui ! »

Aussi, je me suis souvenu des affaires criminelles en nombres dérisoires. Elles demeurèrent dans l'oubli. Personne n'aurait aperçu les anciens détenus. Auraient-ils en secret, redémarré leur vie ? Nous nous demandons ce qu'ils sont tous devenus. Nous avions interrogé les uxes qui de leur côté, procéderaient à des recherches. J'avoue que je ne souhaiterais pas séjourner chez ces êtres géants. Je comprends le comportement d'Itoug. Des larmes révélatrices défilaient sur ses joues. L'horrible histoire de mon malveillant neveu, m'encouragea à abandonner toute séductrice. J'aime Maxia. Au lieu de continuer de la tromper, je m'approcherais d'elle de toutes mes forces.

Certains de mes collègues avaient déjà aperçu ces uxes, ces géants. Ils supporteraient leur apparence. On supposerait que les uxes leur transmettraient des messages rassurants aux visiteurs scientifiques. Ces transmissions atténueraient les émotions et les peurs. "

17
Moi... je suis Itoug...

" Que sont devenus les uxes ? Ils semblent absents. J'attendis la réponse de ma conscience. Mais, l'attente resta vaine. Puis la cloison limitant ma cellule, s'écarta. Un homme-crabe était venu me chercher. L'apparence de ce type de personnages me terrifiait. Je m'interrogeai sur l'état de mon émotion, en m'imaginant découvrir un uxe, le crabe géant.

« Nous devrions maintenant nous rendre à la séance de nettoyage », me dit l'homme-crabe.

L'ayant entendu, je devins stupéfaction. La voix de l'homme-crabe s'exposait sur un ton grave et rauque. Ayant été avisé depuis mon arrestation, je le suivis. Nous traversions un couloir et l'homme-crabe m'invita à rentrer dans une salle assez obscure. Quatre murs décorés d'ombres vivantes, limitaient la pièce. L'homme-crabe et moi étions assis, face à face. Un instant passa. Le personnage se contenta de me fixer de ses yeux. Et rien... le noir jaillit. Et je me suis retrouvé dans ma cellule. Mon esprit s'était apaisé. Je me souvenais de tout. Hormis, lors de mes téléportations à ma cellule. Chez nous les Eauhiens, seules les autorités utilisent ce mode de déplacement, lors de leurs interventions...

Je m'étais souvenu du mal que j'avais commis à Xivuna. Pour la première fois, je sentis des remords et de la pitié. Pour Xivuna, je ressentais que de l'amitié. Seule, Vriza hantait toutes mes émotions, les plus précieuses. Le petit nettoyage psychologique que j'avais subi, m'avait attendri. Et on avait retenu, dix séances.

Je compris que chacun de mes observations d'un homme-crabe, me transformait en souffrance. Et je me demandais ce que ma Vriza, endurerait... Elle aussi, aurait-elle rencontré ces hommes-crabes ? "

18
Moi... Wiz...

" Mon ami Gwu et moi, nous nous rendrions à une importante réunion. Les uxes suivraient ce rassemblement et y participeraient à distance. Maxia m'accompagnerait. En une micro-époque, elle et moi avions réussi à renforcer nos liens. Je lui avais juré ma fidélité. Et elle devint plus jolie et plus sûre d'elle. Je me rendis compte, qu'elle avait souffert. Et son comportement m'aida à fortifier davantage ma passion pour elle. Gwu vit seul et souhaiterait le rester, pour le moment.

Ce rassemblement commença au début de la micro-époque. Je pensais à Itoug et je me demandais si je le reverrais. De nombreux prisonniers d'origine gruxianne ou d'origine Gacgaxianne, auraient disparu. On avait établi une enquête. Gwu restait méfiant. Il soupçonnait les uxes et certaines autorités humaines complices. Si les uxes nous avaient menti, nous serions amenés à nous méfier de n'importe qui. Avant l'arrestation des membres du groupe clandestin, cinq hommes s'étaient trouvés incarcérés. Et ces individus se seraient volatilisés. Les uxes nous avaient bien certifié qu'ils avaient été libérés et amenés dans leur édifice d'origine. Selon Maxia et d'autres nombreux Eauhiens y compris certains collègues, ces prisonniers auraient décidé de se cacher, afin de masquer leur passé. Mon avis se situe à mi-chemin entre celui de Gwu et celui de Maxia. Je pense que les deux avis seraient plausibles.

Durant notre réunion, nous découvrions que nos scientifiques avaient infiltré des centres terriens des voyageurs de l'espace, surtout ceux se situant dans la zone « États-Unis ». Nos scientifiques reçurent la confirmation, que les Terriens primitifs auraient osé bombarder des astres. Et ce qui nous inquiétait davantage, s'appuyait sur la raison de ces lancements. Nous comprenions que le manque de connaissance les poussait à intervenir, en tant que personnages irresponsables. J'avoue que cela nous plonge dans une angoisse infinie. Pourvus d'intelligence, ces Terriens s'avèrent persévérants. La transmission de la pensée résoudrait l'affaire. Pour cela, on envisagerait plusieurs infiltrations. Et la mission consisterait de dissuader par télépathie, les dirigeants terriens scientifiques. Mais cette pratique trop longue et fatigante, entraînerait des risques. Nous refusions donc que nos espions scientifiques utilisent cette option.

Pour l'intervention des uxes, l'impossibilité se présente. Les uxes refusent de combattre les Terriens. Ils préféraient que nous humains, passions à l'action.

Et nous avions débattu et réfléchi sur l'intérêt de la méthode impliquant, les infiltrations.

Nous avons déduit, que pour une dernière vérification, on enverrait quelques scientifiques sur place. Ils partiront pour une courte période d'une micro-époque. Je désignai deux membres de notre équipe pour cette mission. Après leur grand-voyage, ils nous confirmeraient l'obstination des Terriens.

Ayant pris la parole, Gwu s'exprima :
« Nous ne pouvons pas laisser ces extra-eauhestres détruire et polluer cet espace adoré. Ils disent que l'espace est à tout le monde, mais ils semblent croire qu'ils sont seuls, ou du moins... » Et je discernai un membre se signalant, en levant le poing surélevé de son bras musclé :
« Non,' dit le membre, 'ils ont des doutes, j'en suis certain, si on tient compte des derniers grands-voyages. D'ailleurs certains groupes de curieux et de rêveurs vont jusqu'à imaginer... j'ai bien dit imaginer ! des apparences saugrenues, qui pourraient... nous concerner ». Et l'individu rigola en entraînant l'assemblée, vers un ricanement inattendu et libre. Puis, le calme ayant repris sa place habituelle, Gwu continua en disant :
« Bon, en bref, ces maudits Terriens soupçonnent qu'ils ne sont pas seuls à cause de l'espace qu'ils trouvent gigantesque. Ils ignorent encore la grandeur de l'étendue de l'espace. Ils ne connaissent pas l'espace... et leur voyage est trop primitif.

– Oui c'est vrai,' ajoutais-je, 'Ils passent leur temps qu'à faire... que des suppositions. Avec eux, c'est une affaire de suppositions sur suppositions et ils ne savent même pas où ils sont exactement. Ils ne savent même pas où ils se situent... où ils sont exactement... »

Et s'ensuivit, un fond de bavardages des membres de l'assemblée. Il semble que ce tapage exprimait l'appui de nos convictions, transmis dans notre rassemblement. J'imposai le silence. Et je repris mon discours :
« Mais ils sont primitifs et surtout dangereux, puisque comme nous l'avons vu, ils sont curieux et obstinés. C'est pour ça que nous avions décidé de les surveiller. Et nous sommes convaincus qu'ils continueront à bombarder l'espace, qui n'a rien demandé. Donc nous procéderons à leur attaque. Ce sera maintenant qu'une question de méthode. Ah ! J'oubliais ! les uxes eux, s'occuperont de voyageurs terriens potentiels, dans l'espace, à cause de leurs missions. Ils devront les rechercher et nous les livrer. Donc nous ne sommes pas seuls, les uxes sont avec nous, pour nous aider. »

À l'unanimité, l'assemblée manifesta en silence, son contentement et son accord. Le poing fermé de chaque membre s'était levé. Pour moi, il s'agissait d'une excellente opportunité pour la préparation du génocide. Certains de mes collègues prônaient en plus, une invasion. "

Moi... c'est Gix...

" Mon ami Julx et moi, nous nous étions réveillés. Nous nous trouvions dans un des coins les plus déserts et les plus reposants d'une base de lancement de la zone « États-Unis ». Un Terrien passant à proximité de nous, nous accosta.
« Mais qu'est-ce qui s'est passé ? Et qui êtes-vous ?
– Nous nous étions assoupis, nous étions tellement fatigués,' dis-je sans paniquer, en aidant Julx à se relever.
– Oui c'est-ce que je pensais. C'est la première fois que je vous vois. Je...
– ...Nous devons vous laisser... on nous attend et nous sommes déjà très en retard au bureau...' répondit Julx.
– Ben... oui. Allez, courage ! » fit le Terrien, préférant nous libérer. Ses besognes semblaient envahir sa pensée.

Julx et moi étions munis d'un voile protecteur, dans chacun de nos yeux. Ces voiles déguisaient nos regards en regards terriens. Nos pupilles apparaissaient plus réduits. Nous portions chacun une perruque. Ainsi, Julx représentait un Terrien blond aux cheveux courts ; moi, un terrien brun aux cheveux frisés et mi-longs. Comme d'habitude, notre infiltration dans cette base, s'était déroulée à notre avantage. Nous pouvions à volonté lire, dans les pensées des responsables des projets. Ayant réussi à nous immiscer dans le clan des scientifiques terriens, nous reçûmes la confirmation de prochains bombardements et de lancements. Parmi ces assauts, certains auraient été destinés à modifier les trajectoires de corps célestes. Selon nous, d'innocents blocs de l'espace restent parfois dévisagés, après ces manifestations. Et si nous nous situions au voisinage, nous nous considérerions comme de potentielles victimes. Ces terriens utilisent des substances dangereuses et primitives.

À la pause déjeuner, Gulx et moi préférions nous isoler des groupes de chercheurs. Nous avions l'intention de rentrer sur Eau. Étant plus que satisfaits de notre confirmation sur le comportement des Terriens, nous options pour notre retour. Un bon repos et un bon repas, nous attendaient, chez nous. Ayant quitté l'établissement, nous nous rendions dans un parc, proche d'un genre de bar. De cet endroit, nous transmettions nos codes d'accès à nos collègues eauhiens et nous nous retrouvions sur Eau, à Gruxia. "

20
Moi... Wiz...

" Nos deux scientifiques étaient arrivés, il y a quatre micro-époques, chez nous, sur Eau. Dès leur retour, ils nous avaient confirmé que les Terriens tenaient à développer leurs projets primitifs et dangereux. La communauté eauhienne des autorités et des scientifiques, était invitée à se rassembler. Le sujet de la réunion impliquait, la façon dont nous exterminerions, les Terriens. Pour débuter nos discussions, je laissai Gwu prendre la parole.
« Salut mes chers confrères... Je vois que tout le monde est ici présent. Je reconnais mes confrères et consœurs de l'édifice Gacgaxia et les Rochiens... que je salue... chaleureusement. Je vois que vous êtes tous présents. Ravi ! Je salue les uxes qui nous entendent et qui nous soutiennent. Bien... Très brièvement, je suppose que vous avez tous été avisés de nos problèmes. Nous nous sommes tous aperçus

que nous couvrons un danger. Les Terriens, eux... nous devrions coûte que coûte nous en débarrasser. Je sais très bien que certains d'entre vous comptaient négocier... Mais nous avons découvert qu'ils pourraient être dangereux pour nous, parce qu' ils sont trop primitifs. Et les plus intelligents sont trop peu nombreux. Ils s'agitent et s'affolent pour rien parce qu'ils sont trop primitifs. Nous avons voté et la majorité d'entre nous a compris, que les Terriens pourraient nous attirer des problèmes. Ils rêvent de... d'observer l'univers, mais ils ignorent notre existence bien qu'ils soupçonnent qu'on est là... Hum... »

À ce propos, tout le monde à l'unanimité ricana. Et le tapage s'affaiblissant, disparut. Gwu continua :

« Donc, si nous sommes... si nous nous sommes rassemblés ici, c'est pour sauver l'espace... et bien évidemment, nous-mêmes. Et nous devrons chercher comment nous débarrasser de ces Terriens. Maintenant, je vais laisser la parole à mon cher collègue Wiz, qui approfondira les mesures et les objectifs, qui nous attendent ». Ayant terminé son discours, il se rassit.

Et un invité représentant l'édifice Gacgaxia, lui dit :

« Je suis convaincu que vous avez raison. Mais peut-être qu'on pourrait négocier encore ?... Mais finalement je dis oui, effectivement, ils sont trop primitifs et aussi dangereux que certains animaux. Bon c'est d'accord. Nous ne pouvons pas faire autrement ». Un de mes confrères eauhiens lui répondit :

« Je suis finalement heureux que vous compreniez. Nous avons malheureusement perdu au moins deux des nôtres. Ces délinquants ont violé une de nos lois. Ils ont pratiqué à notre insu, les grands-voyages. Bien évidemment, ils ne pourront plus procéder à ces voyages. Deux sont portés disparus récemment. Et pire ! Nous avons découvert que l'un avait été envoyé par ruse. C'est franchement grotesque... Oui, nous avons entendu ça récemment. Cet envoi par ruse est un crime ; les auteurs devraient être sévèrement punis pour ça. C'est atroce comme histoire. J'avoue qu'on n'a pas pu y croire tout de suite... à cette histoire ! ». Et il s'ensuivit un brouillard de parole.

Ayant réclamé le silence, je commençai mon discours :
« Si nous sommes ici mes amis, c'est pour choisir la façon, que nous devrions utiliser, pour les attaquer. Et comme vous avez déjà été préalablement avisés, il va falloir, choisir entre le bombardement ou la méthode douce. Mais avant de procéder au vote, nous devrions vous rappeler les informations, concernant les conséquences et les différences entre ces deux méthodes. La méthode douce est la méthode lente, parce qu'elle consiste à infiltrer la population terrienne, jusqu'à leur élimination totale. Cette méthode paraît si facile. Mais sa difficulté ; c'est d'éviter à se faire démasquer... Si l'un d'entre nous se fait démasquer par un Terrien, nous devrions éliminer coûte que coûte ce Terrien, et vérifier s'il n'a pas eu le temps de parler. Et l'autre inconvénient, c'est la trahison et la pitié que certains d'entre nous pourraient ressentir. Là encore une fois, la trahison et la pitié... Pour les Terriens, c'est la pire des choses ; puisqu'on serait amené à exécuter le traître, donc l'un des nôtres... Ce serait atroce... Et ça nous demande beaucoup de ruses, puisque certains... pas tous ! seraient extrêmement intelligents. On ne pourrait pas les duper, complètement. L'avantage c'est qu'à tout moment, nous pourrions interrompre l'infiltration en cas d'un moyen d'entente. Mais les Terriens sont beaucoup trop compliqués et trop dangereux, donc il y a un risque, en négociant avec eux... »

Et un brouhaha tomba. J'anéantis le tapage en évoquant le silence, et je repris :
« Et en ce qui concerne la méthode rapide : elle est plus brève... et indolore pour les Terriens. Ils ne comprendront même pas ce qui leur arrive, ils s'évaporeront plus ou moins massivement et ils ne ressentiront rien du tout. Et nous devrions envoyer nos lancements de « E... » sur toutes les zones en même temps. Et en plus, nous aurons la possibilité de suivre cette attaque à partir de chez nous. Cette micro-époque, personne n'ira travailler. On la considérera comme une micro-époque de repos. Ainsi, tous les Terriens seront éliminés et à ce moment-là, nous pourrions occuper la planète. Mais, comme vous le savez déjà, la triste nouvelle... sont nos disparus. Ceux du groupe clandestin ». Un brouhaha interrompit ma parole.

« Du calme... du calme... Allez, calmez-vous... » dis-je. Et je repris, en écrasant le résidu de bavardage :

« Ils n'ont... Ils n'avaient aucune... habilitation pour faire ces voyages. Mais heureusement ! que nous les avons découverts et ils sont déjà... ils sont déjà incarcérés. En plus, il est possible qu'on ne puisse plus revoir les disparus. Mais l'époque dans laquelle ils se trouvent, actuellement, me dit que ça ne changerait pas grand-chose. Ils se trouvent dans un repère beaucoup trop éloigné. Donc, nous pouvons les oublier. Ils sont considérés comme étant morts ou disparus. Et surtout à cause des circonstances dans lesquelles ils s'y sont introduits, nous ne pouvons pas les ramener. Nous pouvons enlever un Terrien... puisqu'il vient du repère Terrien. Mais eux... je vous le rappelle, ils se sont introduits sur Terre à partir du repère eauhien, sans sécurité.... Donc impossible... On ne peut plus rien pour eux. C'est trop dangereux. Ce ne sont pas des Terriens au repère, naturellement terrien. Et pour ce début de la première mi-journée, tout ce que je devrais vous dire, je vous l'ai dit. Bien... Maintenant, je vous laisse réfléchir et vous reposer, avant de procéder au vote. »

On commença à se disperser. Des échanges personnels semblaient s'amplifier. Parfois, des mets décollant du plafond, descendaient en longeant en douceur, des colonnes virtuelles aux lueurs bleu-vert. Les plats terminèrent leur trajet sur des appuis.

Pendant ce temps, je préférai préparer les votes. Le temps passa et une alerte retentit. Chacun des individus avait récupéré leur place. Et des en-cas occupaient encore quelques tables. De la lumière multicolore jaillissant de chaque appui, s'intimida puis, s'affirma en lueur rouge. Et une majorité de bras portant leur poignée fermée, se dressèrent pour confirmer le choix d'une attaque.

« Bien,' dit l'un de mes collègues. 'Nous allons préparer cette attaque. Et avant six micro-époques, normalement, nous devrions prendre l'assaut. Nous pourrions nous attendre à des cris de frayeurs Terriens. Voir un voisin ou un proche s'évaporer, ne peut être qu'épouvantable. Je vous rappelle, qu'en cette micro-époque, nous pourrons regarder l'attaque à partir de nos zels... Restons très optimistes pour ce combat. » "

21
Moi... je suis Itoug...

" Vivant, enfermé dans ma cellule de bien-être, je m'y sentais si bien. Mes repas nourrissaient mes envies. Les aliments arrivaient sans que je les réclame. Le zel me permettait, de l'évasion. Et selon mes désirs, mes pensées se concentraient sur Vriza. Grâce aux messages télépathiques des hommes-crabes, je bénéficiais d'un bien-être idéal. Mais, regarder en face ces êtres inconnus, m'entraînait dans d'atroces supplices.

J'entendis s'approcher de la paroi de ma cellule, quelques pas d'un de ces hommes-crabes. La peur, l'angoisse, m'incarnait. Jusqu'à ce que j'aperçoive à ma porte, cette entité dotée d'une corpulence ou carapace plus fine et plus harmonieuse, que toutes celles que j'avais remarquées. La créature émettait une voix aigüe et suave me paraissant douce et gentille. L'entité m'attirait. Et je compris qu'il s'agissait d'une femme-crabe. Sa présence me réconfortait. La terreur s'était estompée, après ma séance d'épurement de mon cerveau, avec cette créature femelle. En regardant cette femme-crabe, je regardais le paradis. Pour la séance suivante, elle était revenue me chercher. Je l'attendais dans l'attente. Selon moi, à travers son retour, se manifestait le bonheur.

En quittant la séance, il y eut un changement. D'habitude, je me trouvais téléporté jusqu'à ma cellule. Cette fois-ci, elle me raccompagna. Avant notre séparation, elle m'indiqua à voix basse :
« Vous devriez m'oublier, parce qu'on ne se reverra plus encore.
– Ah ! Mais pourquoi ? Vous êtes si gentille, la plus gentille de tous les... uxes... ici... vous êtes ma seule survie. Bien que... vous n'êtes pas comme moi. Vous n'êtes pas une humaine comme moi... mais pourtant vous êtes si agréable à regarder...
– Non, vous devriez m'oublier.
– Je pense que je vous aime, bien que vous ne soyez pas un humain comme moi...
– Oui, c'est possible et c'est d'ailleurs pour ça qu'on ne devrait plus se revoir. Si ça peut vous assurer, je vous aime moi aussi. Mais soyez courageux pour votre avenir », me répondit-elle cette fois-ci, par télépathie.
Et elle se volatilisa, avant d'attendre ma réponse. Pris de torpeur, je rentrai dans ma cellule.
J'avais remarqué que les hommes-crabes possédaient un langage télépathique supérieur au nôtre. La vitesse de leur perception, s'avérait plus ferme, plus souple, plus rapide...

Cela m'angoissait quelque peu, en m'amenant à me poser une infinité de questions...

Depuis ma dernière rencontre avec cette femme-crabe, je chutai dans des crises de larmes. J'ignorais le nom de cette "créature" et j'oubliais l'importance de mon attachement pour Vriza. Cette dernière n'était qu'une humaine m'apportant que d'agréables souvenirs. La femme-crabe représentait autre chose et elle m'avait apporté autre chose. Mais, je ne la reverrai plus.

Dans la deuxième demi-journée, je passai d'agréables moments devant le zel, en savourant un bon repas. Mais, je m'aperçus que mes jambes avaient disparu, pourtant je les ressentais, ils étaient palpables. D'indésirables inquiétudes et de panique vinrent gâcher ma journée. Que m'arrivait-il ? Je me posai des questions sur ma nourriture savoureuse.

Je me mis à hurler, à chaque passage d'un homme-crabe devant ma cellule. Mais l'allure des pas restait inchangée. Mes cris et agitations continuaient, sans modifier le comportement de l'entourage. Puis, épuisé, je sombrai dans le néant.

Je me réveillai vers la fin de la seconde demi-journée. Presque tout mon corps demeurait imperceptible. Et en vérifiant à travers mon écran réflecteur de toilette, je m'aperçus que seuls ma tête et mes mains restaient visibles. Je hurlai sans fin pendant toute la nuit. J'oubliai de m'endormir et je finis par me replonger, dans mes larmes. Je pensais que je perdais la raison. Et dès le lendemain, je découvris mon inexistence physique, à travers mon écran réflecteur. J'incarnais un homme invisible.

Je me mis à hurler pendant toute la première demi-journée. Et les va-et-vient, longeant le couloir restaient stables. Je n'arrivais plus à ingurgiter ma nourriture. Ma peur et mon incompréhension s'interrogeaient.

Et alors que je m'agitais dans mes larmes, des pas s'interrompirent à la porte de ma cellule. De vive réflexe, j'écartai la cloison. Et je me retrouvai en face d'un homme-crabe. Il semblait me discerner :

« Qu'est-ce qui se passe ?' me demanda-t-il.

– Je ne vois plus mes jambes, mes bras. Je vous vois... vous... Mais je ne me vois plus !

– Mais moi, je vous vois.

– Mais pourquoi ?

– Pourquoi quoi ?

– Pourquoi je ne me vois pas ? Pourquoi je suis devenu invisible ?

– C'est parce que vous êtes des humains. Sachez bien une chose, nous pouvons vous rendre invisibles ou inaudibles à volonté. Vous êtes devenu invisible mais pas inaudible et c'est déjà très bien.

– Euh... où sont les uxes ?... les crabes géants de quatre mètres, où sont-ils ? C'est... ce... normalement eux qui... qui... devraient nous faire l'épurement de notre... cerveau. Où sont les autres Eauhiens humains... les prisonniers ? Est-ce qu'ils sont... avec les uxes ? Et moi qu'est-ce que je fous ici ?... » Et l'homme-crabe ricana.

Un de ses semblables longeant le couloir et ayant surpris notre conversation, nous rejoignit. Il exprima à son confrère :

« Tu dois tout lui raconter. Il est fichu... il a déjà eu toutes ses doses d'épurement ».

S'étant invité, il reprit en se tournant vers moi :

« Les autres humains qui étaient emprisonnés chez nous... et bien la majorité... ... sont morts.

– Comment ça ? vous les avez tués... tous ?' demandais-je.
– Non. Ils se sont tués eux-mêmes... suicidés.
– Mais pourquoi ?
– Parce qu'ils ne se supportaient pas, en tant qu'humain invisible. Et puis si on les libérerait, ils devraient rester invisibles et inaudibles...
– Mais alors, ils ont préféré se tuer plutôt que de passer tout le restant de leur vie sans être vus ! C'est terrifiant !
– Oui et c'est ce qui pourrait vous arriver. Compris ? »
Ayant avalé ces horribles révélations, ma gorge se comprima. Et j'épuisai ma force, restante :
« Les autorités de Gruxia et de Gacgaxia, ils savent qui vous êtes, et... ?
– ...Ils ne savent rien », répondit l'un des hommes-crabes. Et ils se volatilisèrent.

Je retournai et m'enfermai dans ma cellule. Je plaquai les paumes de mes mains, à mes oreilles, en fermant les yeux si fort. Je cherchai le silence et la noirceur. Je me rappelai les dernières paroles de la femme-crabe. Elle m'avait recommandé de rester courageux, à l'avenir.
Je m'étais renfermé pour m'endormir en espérant m'évader de cette vie. Allongé, je fermai les yeux en m'efforçant de visionner, Vriza. Je rencontrerais celle-ci, que dans mes souvenirs. "

22
Les uxes

Dès le lever des Trois Mir, trois jeunes couples d'hommes-crabes dévêtus, s'apprêtèrent à quitter Gaxe, leur édifice. En longeant le gigantesque couloir externe, ils prenaient du volume en se transformant en de véritables crabes géants, atteignant les trois à quatre mètres de hauteur. Et dans la proportion, leur anneau protecteur, dont ils s'en étaient chacun parés, s'était amplifié.

En arrivant au quai métallique, deux de ces crabes plongèrent. Ils essayèrent de nager sur quelques mètres. Les autres se contentèrent de se rapprocher de la bordure du quai, afin de se laisser éclabousser par les vagues. Les crustacés recherchaient le contact de l'eau.

Quelques instants après, ayant obtenu satisfaction, ils retournèrent dans leur édifice, en traversant à nouveau le gigantesque couloir. Et en avançant, ils retrouvèrent leur apparence physique d'homme-crabe, dotée de leur taille normale initiale.

Et ces trois couples rentrèrent chacun, dans leur résidence. Ils avaient choisi de s'aventurer dans la matinée de cette micro-époque, avant de s'amuser en regardant le zel. Ces hommes-crabes aimaient s'amuser aux dépens des malheureux humains.
L'un des couples avait commandé cinq repas. Ayant copulé pendant quelques instants, les deux amants s'installèrent devant leur zel pour regarder une retransmission d'aventures. Il s'agissait de projections de mémoires d'humains eauhiens. Un succulent premier mets, se matérialisa. En attendant la transmission de l'attaque, le jeune couple décida de suivre une scène du zel, représentant Maxia et Gwu. Le zel projetait un extrait de la mémoire de Maxia :

" Gwu et moi, nous nous aimons. Wiz se trouve dans les nuages. Il m'avait trompé avec sa collègue, Van. Cet homme ne m'a jamais respecté. Je me trouve nue, enlacée dans les bras et les caresses de Gwu, l'homme qui m'aime et que j'aime. Il me couvre de baisers, de la tête aux pieds.
« Continue,' lui dis-je, 'ne t'arrête pas, je t'aime tant ! Continue !
– Je t'aime tant !
Mais après nos brefs ébats amoureux, Gwu reprend :
– Euh ! Bon... je dois partir maintenant ! Wiz doit m'attendre pour cette attaque ! Mais... t'en fais pas ! Je lui ai dit que j'allais être un peu en retard. ». Il se rhabilla. Et :

– À bientôt ma belle !' dit-il. Et il s'évapora. "

« Tu n'as pas une scène plus intéressante que ça à me proposer ? J'aime pas trop les voir ces deux-là... Et le pauvre Wiz, lui qui est complètement naïf jusqu'aux nerfs,' dit la femme-crabe.
– Tu rigoles ! n'oublie pas qu'il a trompé sa femme qu'il a pris pour une idiote !
– C'est vrai... c'est vrai... »

Et le couple s'enlaça pendant un instant. Mais la femelle pensant au zel, reprit :
« Et si on regardait encore ?
– Il va falloir que tu saches ce que tu veux !' dit le conjoint.
– Euh, non... Pas le même. Un autre, celui de Gore. On m'a dit qu'il aurait perdu sa copine terrestre. Je pense que c'était sa femme puisqu'on m'a raconté qu'ils voulaient vivre ensemble... Quelque chose comme ça... Alors, tu le mets ? »
Et ils réinstallèrent le zel, d'où défilait une partie de la mémoire de Gore :

" Me situant au Kansas, au centre de la zone « Amérique », on compte un repère de G* dont plus de « cent ans » depuis mon arrivée sur la planète Terre. Je rêve de me laisser emporter dans le désert, loin d'ici ; mais je ne peux pas. Mon épouse Catherine, mourut, il y a plusieurs années... Elle paraissait flétrie, desséchée et, faible en esprit. Et moi, je suis resté résistant. Ma jeunesse et ma santé ont survécu. Mais la routine occupant sans fin la violence, restait indigeste. Tous les jours, je me rends au saloon K..., pour vivre au présent. Je m'abreuve d'alcool. On me surnomme le grand jeune aux grands yeux... Me déplaçant au moyen d'opium, je m'approche des femmes, dans des bordels. J'aurais préféré mourir ou m'endormir à jamais. Xidéria et Catherine mes nostalgies, se trouvent serties dans mon cœur...''

« Pauvre humain... Il ne méritait pas ça, lui !,' dit la femme crabe.
– Ouais, il n'a fait du mal à personne,' répondit le conjoint.
– C'est dommage qu'on fasse payer les sales tours des méchants à des innocents.
– Oui et non ! Tu as oublié que Xidéria et un autre ont été libérés.
– Non. Je ne te parle pas de ça. Je te parle de nos autorités uxes.
– Comment ?
– Ben oui... Tu l'as peut-être oublié... Nous, on ne suit pas les humains...
– Oui, oui... Mais, on ne doit pas leur faire confiance,' dit le conjoint, calme.
– Et Gore dans tout ça ?
– Pourquoi tu parles comme ça ? Tu voudrais peut-être qu'on aille le chercher ?
– Non... mais... enfin...
– Et si on allait le chercher, est-ce qu'il sera suffisamment fort pour ne pas nous trahir ? Tu en as pensé ?
– Oui oui, t'as raison,' dit la femme, raisonnable.
– Les humains de chez nous, on ne doit pas les suivre. Nos autorités ont bien fait d'agir comme ça. Si les humains d'ici craignent les Terriens, nous, nous avons le droit de faire ce que nous avons à faire. »

Pendant ce temps, toujours à Gaxe, nous découvrons une famille, composée d'une mère, d'un père et de leurs trois petits, dont deux mâles et une femelle. À quelques nuances près, l'ambiance se confondait avec celle des trois couples de jeunes. En attendant la diffusion du génocide, les conjoints regardaient à travers leur zel, les mémoires de Xivuna :

« Mais qu'est-ce que tu as à reprendre à chaque fois, cet épisode de cette malheureuse ?' dit la femme-crabe, 'met plutôt le passage d'avant.

– Je voudrais revoir les scènes de l'attaque », répondit son concubin.

Et l'homme-crabe ajusta l'émetteur. Les trois enfants-crabes occupant un âge avancé, s'en réjouissaient. Et tous suivaient des fragments de la mémoire de Xivuna :

'' « J'ai peur... très très peur... Je n'aurais jamais dû faire ce grand-voyage, quand j'étais sur Xava, avec mes amis », me dis-je.

Je viens de la planète « Xava » signifiant Eau, en langage terrien. Chaque journée s'écroule. Et je me trouve soudée à la Terre, planète similaire à « Xu » ou Roche. De nos jours, chez moi, sur Eau, nous nous situons au repère Y**... Sur Terre, d'après ce que j'ai compris, on utiliserait un repère primitif nommé « année ». Et me voici bloquée à l'année « mille-neuf-cent-cinquante-neuf » terrienne, dans la zone Écosse »... ''

'' Des larmes fuitaient de mes yeux, le mari se tenait à ma porte. Il attendait que je m'endorme pour me surprendre et arriver à ses fins. Les chants de la faune nocturne perçaient cette nuit brute et aigüe. L'angoisse et les remords m'avaient engloutie. Je libérai un cri de terreur et je sentis une grosse main me bloquer la bouche. Ce Terrien, chef de famille, m'avait attrapée. Je me débattis. J'espérais que son épouse et son fils, interviendraient. Et voilà que la fatigue arriva. Découragée par ma faiblesse, je m'abandonnai. Ayant ressenti plusieurs coupures de lames de couteaux transpercer ma gorge, ma poitrine et mon ventre... je me demandai :

« Itoug, pour... » "

Et la projection avait abouti.
« Ça y est ? Vous avez fini ? Moi, je veux revoir le début », dit la femme-crabe. Et :

" Plusieurs époques auparavant, j'avais opté pour ce grand-voyage. Je m'étais dirigée vers la planète Terre, dans la zone « Écosse ». Ce déplacement s'effectua de façon à ce que je tombe dans une période impliquant une température supportable. Selon nous Eauhiens, les Terriens nomment cette durée « été »... "

Pour gagner du temps, la femme-crabe préféra avancer sa lecture :

"...« J'entendais les discussions des occupants de la demeure. Je ne parvins pas à discerner ce que racontaient ces individus. Mais je réussis à lire dans leur pensée. J'avais découvert qu'il s'agissait d'une famille. Cette dernière pensait que je me serais perdue et qu'étant prise de fatigue, je me serais évanouie. M'ayant pris pour une Terrienne, ils pensaient que je venais du voisinage... "

23
Festins

Les autorités uxes se réunirent en attendant la diffusion du génocide. Leur rassemblement se consacrait au rappel de leur mission, concernant d'éventuelles captures de Terriens humains, évoluant dans l'espace. Le Chef prit la parole :
« Les amis... Personne ne sait que nous sommes ici, réunis. Notre réunion devra être brève.
– Et si jamais on trouve les Terriens dans l'espace, nous devrions agir comme tu nous l'as dit ?' demanda un membre.
– Oui bien sûr. Je vais d'ailleurs vous rappeler le plan : vous les bloquez du gaz « L... ». La dose ne devra pas être mortelle. Elle devra provoquer que de la paralysie. Vous les rendrez invisibles et vous les capturerez et vous faites le reste.

– Et si une de ces autorités humaines de chez nous, nous découvre...
– Nous le supprimons, comme d'habitude...' continua le Chef.
– ...C'est bon,' dit le membre. »
Ainsi les uxes impliqués à leur mission, se rendirent à leur écran de contrôle.

Et quelques instants après, dans l'édifice Gruxia, des autorités humaines se trouvaient devant leurs écrans cadrés virtuels. Ils observèrent à la loupe, leur cible, dont la planète Terre. Chaque membre se concentrait sur diverses sections de cette planète. Ils débutèrent en procédant au rasage des zones les plus denses en population. Ainsi, une étoffe de gaz verdâtre évoluait en dévorant chaque occupant. Des cris d'humains terriens, observant les disparitions de leurs entourages, jaillissaient. Les éliminations évoluaient et les Terriens souffraient de terreur. Des agitations se multiplièrent. Incendies et déflagrations prirent naissance.

Xideria, en compagnie de ses cousins et de ses amis, suivaient comme tous les autres Eauhiens, le déroulement de l'attaque. Malgré son malveillant chagrin, Xideria suivait dans la plénitude, l'action du génocide. Elle pensait à Gore. Et la consolation lui soufflait que selon les repères terrestres, son bien-aimé sombrerait dans l'absence.

À Gaxe, pendant l'attaque, tous les uxes festoyaient en découvrant les assauts.
Chez la famille ayant suivi les mémoires de Xivuna, tout le monde sans voix, observait en prenant un festin.
« Regarde maman, comment ils ont fait pour effacer tous les gens de la planète ?' demanda un des enfants-crabes.

– Il faut demander ça à tes amis qui ont leurs parents qui travaillent chez les autorités. Peut-être qu'ils pourront te... répondre...' répondit la mère.
– Tu es sorti hier soir, pour ton bain ?' demanda le père.
– Euh... oui », répondit l'enfant-crabe.
Et à la fin de l'offensive, le père et la mère de famille, attablés, retrouvèrent leur salle personnelle, pour se procurer leur repos ou détente ; tandis que leurs trois enfants se réunirent pour continuer leurs lectures de mémoires d'humains Eauhiens.

Tant qu'au jeune couple ayant suivi les mémoires de Gore, ils avaient observé l'attaque, en ne témoignant aucune surprise. Le jeune homme-crabe exprima à sa conjointe :
« C'est triste de voir des humains s'entre déchirer comme ça...
– Ils se croient supérieurs comme nous.
– Ouais, ils ne nous connaissent... même pas bien.
– Ils ne savent même pas ce qu'ils ont éliminé. Le problème, c'est que ces Terriens ont l'air d'être dangereux. C'est vrai, qu'ils sont dangereux... Mais je préfère ne pas en rajouter parce que je ne sais pas comment on aurait fait. Réfléchis un peu ! Déjà on a caché nos vraies apparences. Alors je me tais...
– Mais s'ils sont dangereux, c'est peut-être parce qu'ils manquent de connaissance et surtout d'intelligence. »
Et à la fin de l'attaque, le couple continua à festoyer en mangeant et en buvant leur repas.

À Gruxia, les autorités et scientifiques tels Wiz, Gwu, Julxo et les autres ayant participé au génocide, crièrent de joie, en levant leur poing fermé. Leurs proches et amis leur tenaient compagnie. Et une fête s'éclata.

Mais, sur Terre, le gaz verdâtre s'était montré imperceptible. Et les occupants ayant perdu leur repère, suivaient les élans de la panique. Il s'ensuivait des pleurs et des hurlements d'incompréhension. Puis... Puis, en compagnie des disparitions de chaque occupant, le silence s'avançait. Et le silence finit par s'installer, en déployant toute sa longueur sur cette planète Terre, meurtrie.

24
Rencontres

À Gaxe, les autorités uxes avaient repéré de jeunes spationautes terriens. Il s'agissait d'une femme de type eurasien et de deux hommes, dont un de type afro et un autre de type européen. Ces voyageurs se trouvaient à bord de leur navette, dans l'espace. Ces Terriens paniquèrent. Ils avaient perdu les contacts de leur base. Et avant de chercher à comprendre ce qui se passait, ils ressentirent la paralysie, parcourir leur corps. Et ils se trouvèrent dans Gaxe, chez les autorités uxes. Sur place, les spationautes libérèrent, des cris de terreur. Puis ayant retrouvé leur calme, l'un des hommes captifs, s'écria :

« Où suis-je ? Et que m'arrive-t-il ?

– N'ayez pas peur !' dit l'un des hommes-crabes. 'Nous

ne vous voulons pas de mal. Nous ne sommes pas des humains.
– Oui ! Au secours ! mais qui êtes-vous ?... Où sont mes collègues ? où sont mes collègues ? Jean ? Brittany ?... Où êtes-vous ?' fit le Terrien en s'agitant.
– Ils sont là aussi.
– Pourquoi, je ne me vois pas ? Au secours ! Qu'est-ce qui se passe ?... »

Et l'homme-crabe leva sa pince ; les trois Terriens humains réapparurent. La femme était d'une grande beauté, avec son visage oblong et ses yeux bridés.

Un bandeau souple métallique entourait le crâne de chacun des captifs. Ces captifs aux regards terrorisés, se regardèrent, s'observèrent de la tête aux pieds. On leur avait changé de vêtements.

« Ça va mieux maintenant ? Vos vêtements devraient être plus légers, à présent... Alors, ça va mieux ?' demanda l'un des hommes-crabes.
– Où est-ce qu'on est ? Où sont nos combinaisons ? nos scaphandres ? demanda l'homme de type européen.
– Vos quoi ?...' demanda le Chef de l'autorité uxe.
– Leurs combinaisons de protection... je pense... Leurs gros trucs...' expliqua un autre homme-crabe en s'adressant vaguement au Chef.
– Ah ouais ! vous n'en avez plus besoin. Nous vous avons aspiré chez nous, sur la planète Eau,' répondit un autre homme-crabe aux Terriens.
– On était dans l'espace pour... On voudrait contacter nos collègues sur Terre, mais...' expliquait le spationaute afro.
– ...Oui, vos confrères, ils ont disparu...' répondit le Chef.
– Disparus ?' demanda l'autre homme captif.
– Tenez-vous bien !... parce que, ce que je vais vous

raconter, pourrait vous perturber... Ils ont tous été exterminés. Euh... ce n'est pas nous... qui les avons exterminés ! mais des humains comme vous, de cette planète ! Venez voir, suivez-moi... vous allez tout comprendre », dit le Chef.

On montra aux spationautes la retransmission du génocide, impliquant des humains eauhiens à l'attaque.

« Remarquez qu'ils sont comme vous, physiquement... de l'extérieur. À part les yeux, ils ont des yeux aux iris beaucoup plus grands que les vôtres,' dit le Chef.
– Pourquoi dites-vous, de l'extérieur ?' demanda l'un des deux hommes terriens.
– Parce qu'ils ont un cerveau différent des vôtres,' répondit l'autorité.
– Ah ?' dit la femme.
– Ils ont un cerveau plus développé... que les vôtres... Donc, je disais donc... que... Certains Terriens étaient même venus, vous visiter. Mais vous ne les avez pas reconnus », dit l'autorité.

Et la Terrienne captive, sanglota, puis s'évanouit. Deux hommes-crabes la ranimèrent, en lui massant le crâne.

Un des spationautes hommes, demanda au Chef :
« Mais vous, vous vivez avec ces hommes puisqu'ils sont ici sur votre planète.
– Non. Pas directement. Ils sont dans un autre édifice. Ici, on est à Gaxe. Les humains sont à Gruxia et à Gacgaxia. Ils ont assassiné l'un des nôtres. Mais oui, notre confrère était têtu... On l'avait pourtant averti ! Mais il nous répétait sans cesse, qu'il s'en sortirait... Et il s'est fait tuer par un Rochien...' dit le Chef.
– Rochien ?' fit le spationaute de type afro.
– Oui, des Rochiens... Les humains que vous avez vus,

viennent de Roche, c'est leur planète d'origine. D'ailleurs cette planète ressemble beaucoup à la vôtre. Les Rochiens que vous avez vus sont venus nous... "coloniser". La compagne de celui qui a été tué, s'est vengée ; elle a tué elle-même le tueur... le Rochien... Mais nous, nous leur avons demandé la paix, pour ne pas déclencher une guerre.
– Comment se fait-il que vous nous comprenez ? Vous parlez l'anglais comme nous ?' demanda le spationaute de type européen.
– Le bandeau que vous portez est un traducteur-transmetteur. Je vous recommande d'ailleurs de ne pas l'enlever, si vous voulez continuer à comprendre tout ce que nous vous disons... pour communiquer...
– Et qu'allez-vous nous faire ? Vous nous considérez comme des ennemis ? » demanda l'autre homme captif.

Les hommes-crabes leur proposèrent un repas et du repos. Les Terriens se sentant perdus, acquiescèrent ; mais, ils leur supplièrent de les laisser unis. Les uxes acceptèrent.
Et on logea les trois humains dans une même cellule. Angoissés, ils se nourrirent et s'endormirent, blottis l'un contre l'autre.

25

Les captifs

Pendant que les trois Terriens se reposaient, les autorités uxes s'étaient obstinées à se réunir. Ils avaient décidé de garder les trois captifs, plutôt que de les livrer comme convenu, aux humains eauhiens.

« Tu ne leur as pas dit que nous avons enseigné la télépathie aux humains eauhiens,' dit un homme-crabe.

– Ça n'a pas d'importance,' répondit le Chef.

– Et tu ne leur as pas parlé non plus de notre changement d'apparence...

– Ça ne servirait à rien. On devrait plutôt réfléchir sérieusement, sur leur sort.

– De toutes les façons on ne doit pas les garder vivants. Ils sont trop dangereux pour nous », dit un autre homme-crabe.

Et après un temps de réflexion, le Chef des autorités annonça :

« Voilà, moi je pense que nous devons les supprimer d'un coup et qu'on les mange. Pourquoi ? Parce qu'au début, j'avais l'intention de les déguiser ou... de les rendre invisibles et de les envoyer soit à Gruxia et à Gacgaxia. On les aurait envoyés pour... qu'ils fassent de la surveillance pour nous. Mais, après ma lecture, je pense que nous ne devrions pas leur faire confiance. Et de toutes les façons, si on les livre sans déguisement, les humains pourraient les torturer et les tuer. Mais nous, nous ne les torturerons pas. Mais nous devrons les exterminer, parce qu'ils nous apporteront que des ennuis, à cause de leur infériorité. Ils pourraient finir par nous trahir, même s'ils sont ennemis avec nos ennemis humains eauhiens, pour le moment.

– Je vois ce que tu veux dire. Tu dis qu'il y aurait une réconciliation avec les humains eauhiens,' dit un membre.

– Oui, c'est tout à fait possible ! Après ma lecture, j'ai compris que nous devrions les abandonner », répondit le Chef. Et il reprit en s'adressant à l'ensemble du groupe :

« Bien... maintenant, je vous laisse réfléchir. On procédera à un vote, pour décider de leur sort. »

Et les uxes, hormis leur chef, s'assemblèrent pour prendre une décision définitive. Après quelques instants, ils se montrèrent disponibles pour exprimer leur choix. Le chef prit la parole :

« Qui souhaite leur extermination ? »

À cette question, les hommes-crabes levèrent à l'unanimité, une de leurs pinces.

« Bien !' reprit l'uxe. 'Alors, dès demain, à la première moitié de la micro-époque, nous commencerons par exterminer l'un des trois.

– Est-ce qu'on pourrait commencer par la femme ?' dit l'un.
– Pourquoi ?' demanda le chef.
– Je sais qu'elle a mangé du crabe, la dernière fois qu'elle a quitté sa planète.
– C'est d'accord.
– Mais pourquoi attendre demain ? On aurait pu aujourd'hui même, dès cette seconde moitié de la micro-époque,' demanda un autre membre.
– Apparemment tu fais partie de ceux qui n'ont pas encore été avisés ! Nous avons déjà un à manger pour aujourd'hui. C'est le prisonnier Itoug. Il est mort dans son sommeil et donc c'est lui que nous mangerons en premier », répondit le Chef.

NOTES

Eauhestre : qui appartient à la planète Eau

Extra-Eauhestre : qui n'est pas de la planète Eau

Grand-voyage : voyage spatio-temporel

Grux-N : nom du groupe clandestin

Les Trois Mir : Nom de l'étoile (triple) de la planète Eau

SOMMAIRE

Personnages...7

1 Je m'appelle Xivuna... ..…...9

2 Je m'appelle Xivuna... ….... …......................................11

3 Moi... je suis Itoug... 19

4 Moi...Wiz... …...33

5 Moi... je suis Itoug... …..43

6 Moi... je suis Itoug... …..45

7 Je m'appelle Xivuna... …... 49

8 Moi... je suis Itoug... …...59

9 Gore, moi... …...61

10 Moi, je suis Xideria …..79

11 Moi Julxo... …...83

12 Moi... je suis Itoug... …...89

13 Moi Julxo... …...93

14 Moi... Wiz... …...97

15 Moi... je suis Itoug... …..101

16 Moi... Wiz... …...105

17 Moi... je suis Itoug... …..107

18 Moi... Wiz... …...109

19 Moi... c'est Gix... ……...113

20 Moi... Wiz... …...115

21 Moi... je suis Itoug... …..121

22 Les uxes 127

23 Festins 133

24 Rencontres 137

25 Les captifs 141

Notes..145